LA NOCHE

L A T R A M A

VÍCTOR VÁSQUEZ QUINTAS

LA NOCHE

ROBAN ARTE SACRO

Barcelona · México · Bogotá · Buenos Aires · Caracas
Madrid · Miami · Montevideo · Santiago de Chile

Esta novela se escribió con apoyo del PECDA Oaxaca 2009.

La noche
Primera edición, septiembre de 2012

D. R. © 2012, Víctor Vásquez Quintas
D. R. © 2012, Ediciones B México, S.A. de C.V.
Bradley 52, Anzures DF-11590, México
www.edicionesb.mx
editorial@edicionesb.com

ISBN: 978-607-480-353-2

Impreso en México | *Printed in Mexico*

A mi madre y a mi padre
Para Maru, cómplice del viaje

ME LLAMO VICENTE CARRIZO, tengo veintiséis años y soy reportero de *La Noche*, un tabloide semanal que entre anuncios de prostitutas a domicilio, tugurios de mala muerte y negocios pequeños publica las crónicas policiacas más escabrosas de Oaxaca.

Vivo en una de las pocas vecindades que todavía existen en el Centro Histórico de la ciudad. El sueldo de *La Noche* me permite vivir sin excesivas limitaciones y con los suficientes goces. Sólo cuando es necesario, le pido prestado a doña Simona, lentos ochenta y dos años acompañados de bastón, casera de la vecindad donde vivo y cuyo trofeo de juventud es un diploma que la acredita como la primera enfermera que tomó radiografías en Oaxaca.

Cargo siempre una mochila donde guardo libreta y bolígrafo, grabadora y una cámara de fotos digital. Soy propietario de una motocicleta Italika 2007 que manejo con rapidez y agilidad para llegar a la noticia. Entre mis bienes más queridos hay una máquina de escribir Olivetti, Lettera 32, color verde olivo, regalo de mis padres cuando me fui del pueblo. En ella escribo la novela que parece nunca voy a terminar.

Duermo seis horas al día y bebo varias tazas de café. Únicamente los domingos, día de descanso, duermo las ocho horas reglamentarias. Fumo cigarros Camel y cuando la ocasión lo amerita prefiero el mezcal a la cerveza.

Trabajar en *La Noche* exige sacrificios. A veces debo cancelar una salida al cine con Donají, morenaza de fuego, editora de la sección de espectáculos en otro periódico.

Me gusta vivir en Oaxaca, pero también odio esta ciudad con corazón de cantera verde y venas podridas como sus ríos pestilentes. Estoy de acuerdo con quienes creen que es la mejor ciudad de México para vivir. Sin embargo, para los pobres y necesitados cualquier ciudad es la más triste. Me resulta imposible tener un sólo retrato de Oaxaca. Más cuando mi trabajo es relatar lo que sucede en el turbio espejo donde nadie quiere verse reflejado. Aún así, *La Noche* se vende bien.

En un lado del auditorio se encuentran las imágenes folclóricas, las costumbres y tradiciones, la comida, en fin... esa retórica para turistas. Al otro lado, espera agazapado el rostro gélido y rojo de los crímenes de cada día.

Intento olvidar la mayoría de los casos que cubro, más que nada, por salud mental. Pero hay crímenes que siempre recordaré por el ingenio, la saña o el misterio que los envuelve.

No me preocupa la muerte. La he visto muchas veces. Pero lo que sí me sacude, lo confieso, son las formas que existen para llegar a ella.

DOS

HACE MÁS DE UN AÑO me vi envuelto en cierto caso donde las evidencias apuntaban a la muerte natural de un anciano con ínfulas de historiador. Al paso de los días, las implicaciones de esa muerte pusieron en peligro mi vida.

El sábado seis de diciembre del 2008 recibí la llamada telefónica del Rojo Santos, experimentado paramédico de la Cruz Roja. Eran casi las ocho de la mañana y yo seguía en el departamento. Saboreaba una taza de café mientras pensaba en cómo iniciar la crónica del asesinato de un mecánico ocurrido un sábado antes, cerca de la vieja carretera a las ruinas de Monte Albán, donde los temperamentos cambiaron como una vuelta de tuerca y que la acumulación de crímenes me había impedido redactar.

—Hay un posible muerto en San Felipe del Agua. Calle Olivos 727. Vamos saliendo —avisó rápido como un escupitajo el Rojo Santos.

—¿Asesinato? —pregunté.

Una noticia así en la zona residencial de la clase alta de Oaxaca sería excelente para la primera plana.

—Negativo. Paro cardiorrespiratorio. Iremos por si las moscas —contestó el Rojo Santos.

—Gracias, Red. Ahí nos vemos —colgué.

Convencido de que un muerto del *jet set* siempre vende más, guardé los cigarros en la mochila y revisé que estuvieran dentro la libreta y la cámara digital. Salí del departamento. En el portón de la vecindad me encontré a doña Simona. Preguntó cuándo le iba a pagar la renta y le dije que el lunes siguiente. Encendí la moto.

Conduje por Calzada de la República hacia al norte de la ciudad. Rebasé fácilmente a los autos. El único contratiempo fue un autobús que en el semáforo de Avenida Nezahualcóyotl casi me atropella. Tuve la suerte de poderme subir a la banqueta y aceleré más.

Esas dosis de riesgo me hacían seguir pegado a *La Noche*. Me resultaba estúpido arriesgar la vida sólo para relatar crímenes que saciaran el morbo de las personas. Tenía que haber algo extra. Por eso sigo creyendo que la buena nota roja es la que transmite el dolor de las víctimas y, de paso, también es entretenida para la gente: y me refiero con gente a esa clase de personas que da más importancia a las desgracias humanas que a las bajezas de los políticos que los mantienen en la miseria.

Diez minutos después llegué al domicilio de Olivos 727, en San Felipe del Agua, zona residencial y guarida de la fauna política. La ambulancia con su histérica sirena llegó segundos después. Saludé a Rojo y a los demás paramédicos.

El portón del domicilio se encontraba abierto. En la acera esperaba un hombre moreno, de mediana estatura, treinta y tantos años y con bigote que le daba pinta de actor de películas rancheras. Vestía una camisa blanca de manga larga fajada dentro del pantalón azul marino. El cinturón negro combinaba con los zapatos recién boleados. Parecía haberse escapado de alguna fiesta donde trabajaba de mesero. Al ver que yo no usaba uniforme de paramédico, el hombre me lanzó una mirada llena de desconfianza. Antes de permitirle hacer cualquier pregunta que entorpeciera mi labor informativa, hice una movida:

—Soy el secretario del Ministerio Público —me presenté.

En otra circunstancia me hubiese identificado como reportero de *La Noche*, pero conociendo la manía que tiene la sociedad provinciana de reservar su privacidad para la foto en la sección de sociales, decidí actuar de esa manera.

Rojo Santos y sus compañeros me vieron con el rabillo del ojo. El hombre dudó en pedirme la identificación o llevarnos con el enfermo. Afortunadamente, se dio media vuelta y nos guió al interior de la casa. Lo seguimos por un camino empedrado que dividía al amplio jardín. A unos metros estaba la piscina. La casa era blanca, de dos pisos, con amplios ventanales y techo de dos aguas recubierto de teja.

En la sala esperaba una mujer indígena como de cincuenta años y que por el delantal blanco supuse era la sirvienta. Al vernos entrar, se levantó inmediatamente.

—¡Gracias a Dios! Los estábamos esperando. El señor está por ahí. ¡Apúrense, por favor! —exclamó nerviosa, señalando una puerta angosta ubicada en un rincón de la sala. De ahí salía una escalera de caracol que descendía al sótano.

Bajamos. Las luces mortecinas y una pequeña ventana, que dejaba entrar la luz del jardín, iluminaban el hermético lugar.

Rojo Santos y su equipo de paramédicos se acercaron al cuerpo tendido en la alfombra. Le abrieron la camisa y comenzaron a buscar los signos vitales con el estetoscopio; con una linterna observaban la reacción de las pupilas.

—¡Oiga! —Le dije al bigotudo que estaba parado en el descanso de la escalera—. Encienda más luces. Aquí apenas se puede ver.

Me lanzó otra vez su mirada desconfiada. El Rojo Santos debió repetirle que lo hiciera. Aquel hombre me exasperaba por su tranquilidad, como si la presencia de los paramédicos fuera innecesaria.

La luz eléctrica hizo que aparecieran cientos de libros guardados en sus estantes. Había también varias antiguallas dispersas en el lugar, una pila de periódicos viejos sobre un escritorio y dos cuadros de tema religioso de gran formato, idénticos, recargados contra una larga mesa de superficie de mármol negro que coronaba la biblioteca subterránea.

Pasaron varios segundos. Sólo se escuchaban las voces del Rojo Santos y las de sus compañeros.

—¡Martínez!, ¿tienes algo?

—Nada, Rojo, éste ya se fue.

Rojo movió la cabeza de izquierda a derecha, luego levantó del piso su robusto cuerpo de comedor de tacos y me miró:

—Demasiado tarde. El viejito está muerto.

Hubo un minúsculo y potente silencio que rompí al correr el cierre de la mochila. Saqué la cámara fotográfica y me la colgué al cuello. Luego me armé con el bolígrafo en una mano y la libreta en otra. Al separarse los paramédicos, pude ver mejor al occiso. Era un anciano de barba blanca, calvo y cuyos ojos grises habían quedado mirando hacia el techo. Tenía el gesto de que la muerte le había tomado por sorpresa.

Uno de los paramédicos comentó que debía dársele aviso a la autoridad. El hombre del bigote seguía ahí y expresó su sospecha inmediatamente:

—¿Qué no es usted del Ministerio Público? —se dirigió a mí, algo exaltado. Buscaba en los rostros de los paramédicos algún delator.

—Ya le dije que soy el secretario, caballero. Debo avisarle al señor licenciado para que venga a hacer la diligencia completa —le contesté metiéndome en el papel de ayudante de la autoridad—. Por favor, avancemos con la información que va a requerir el señor Ministerio Público. Dígame: ¿cuál era el nombre del finado?

El hombre se acarició el bigote. No se tragó la mentira, pensé.

—Era don Joaquín Bárcena Hidalgo, distinguido historiador de la Verde Antequera —dijo observando el cuerpo.

Anoté los datos en la libreta. El radar de la memoria comenzó a mandarme señales. Miré otra vez el rostro del viejo, recorrí sus facciones, me detuve en sus pupilas dilatadas que ya sólo eran ventanas al vacío. Recordé entonces que unos días antes había visto su fotografía publicada en la sección cultural de algún periódico. Posaba a lado del presidente municipal de Oaxaca y otros funcionarios menores.

—¿Estaba presente cuando el difunto comenzó a sentirse enfermo? —pregunté.

—No. Fue mi madre quien lo encontró. En su desesperación, ella me telefoneó a mí primero. Yo fui quien avisó a la Cruz Roja. Llegué unos diez minutos antes que ustedes —contestó con sequedad.

—¿Cómo se llama su madre?

—Hortensia Bautista Pérez y trabaja en esta residencia desde hace más de veinte años. Ahora, si me disculpan, las demás preguntas indispensables sólo se las responderé al licenciado del Ministerio Público. Subiré a decirle a mi madre que don Joaquín ha muerto —dijo y empezó a subir los escalones hacia la sala.

—Espere, caballero. ¿Cómo se llama? —le pregunté antes de dejarlo ir.

Volteó a verme.

—Me llamo Lucio Bautista Pérez —dijo. Su voz estaba llena de orgullo. Después desapareció por la puerta y nos quedamos sólo los paramédicos, el muerto y yo.

—Oye Carrizo, mejor vete. No vaya a meternos en problemas ese pendejo —advirtió el Rojo Santos.

—Sólo tomo las fotos y me voy, mi hermano.

—Tienes dos minutos antes de que avise al Ministerio Público.

Encendí la cámara. Tomé fotografías del muerto desde varios ángulos, hice acercamientos al rostro del historiador, a sus ojos grises, a sus manos y a los papeles tirados en la alfombra. Retraté la mesa con patas de madera labrada y superficie de mármol negro. Por la posición en que se encontraban las cosas en la mesa, un libro abierto sobre prácticas religiosas prehispánicas y los papeles dispersos en el suelo, era visible que el paro cardiaco le había dado al historiador cuando escribía. Buscando un poco más, encontré en la alfombra, a unos centímetros de su mano derecha, una pluma fuente. Fue en ese momento cuando me di cuenta que su mano derecha parecía guardar un pedazo de papel. La curiosidad fue más fuerte y jalé el papelito de sus dedos. Era un recado. Estaba escrito con tinta roja y letra cursiva: *Cotelachi. Hoy es el día.* Tomé dos fotografías con *zoom* de la frase. Regresé el papel dentro de su mano. La voz del Rojo Santos me distrajo.

—¡Apúrate cabrón!

Rápidamente hice fotos a las dos pinturas de tema religioso que estaban en el piso, apoyadas contra la mesa. Luego subí las escaleras. Ya tenía todo para que Marino Muñoz, dueño y editor de *La Noche*, buscara algún encabezado sensacionalista.

De regreso a la sala encontré a la sirvienta llorando abrazada a su hijo.

Antes de abandonar la casa, me fijé en el retrato puesto en la repisa de una rubia de ojos azules que parecía una sirena con su piel bronceada.

—¿Quién es la señorita? —pregunté alzando un poco la voz. La escena dramática se rompió.

—¿Y a usted qué le importa? —contestó furioso el bigotudo.

—Es la señorita Minerva —interrumpió su madre—, nieta de don Joaquín. Vive en Europa.

En ese momento Rojo Santos me apretó fuertemente el brazo. Entendí que venía en camino el Ministerio Público. Caminé hacia la puerta.

—Oye, no vaya a meternos en un lío este cabrón —dijo—. Si se queja, pueden demandarte por usurpación de funciones o algo así, pinche Carrizo. Y de paso, me friega a mí.

—Tranquilo, Rojo. Si te dicen algo, échame la culpa. Conozco a todos los emepé de la ciudad. Además no le van a hacer caso al hijo de la sirvienta. No pasa nada. Hasta luego y gracias por el cable.

Me largué de ahí. En un semáforo encontré al Diablo, reportero de otro periódico con muchos años en la fuente. Iba también sobre su corcel de acero. Nos saludamos desde lejos.

TRES

Era la una de la madrugada cuando llegué a la sala de redacción del semanario. Al verme entrar, el jefe me recriminó la tardanza.

—¡Pinche Carrizo, pensé que no ibas a llegar! —soltó Marino Muñoz.

—¡Cómo cree, jefe! Ya sabe que soy un profesional.

Al saludarlo sentí su mano áspera recuerdo de los años de juventud cortando árboles para sembrar maíz. Tenía diecisiete años cuando dejó su pueblo en la Sierra Norte para probar suerte en el Distrito Federal. Su plan era cruzar la frontera con los Estados Unidos, pero la capital del país lo atrapó entre sus avenidas, esmog y olores a tacos de carnitas.

—Sólo porque me caes bien, si no ya estarías hace tiempo de mesero en el Zócalo. Baja las fotos de la computadora y luego me hablas para elegir la portada.

Me senté frente a una de las dos computadoras que había en la sala de redacción. En ella también el Genio López, formador del semanario, reinaba los domingos para que *La Noche* saliera cada lunes con los crímenes más sobresalientes de la semana.

Marino Muñoz regresó a su escritorio y siguió tecleando en su computadora el editorial. Ahí alababa a sus contactos y amigos de la Procuraduría de Justicia, lanzaba furibundas críticas y burlas a ciertos funcionarios del gobierno y saludaba a los anunciantes que hacían posible *La Noche* y nuestro sueldo. Con sesenta y dos años cumplidos y más de la mitad en la nota policiaca, Marino Muñoz tenía la energía de un joven. Era bajito y de cuerpo robusto. Su rostro de viejo zapoteca parecía impasible y audaz como el de Juárez y me hacía pensar que tales características le permitieron ascender de voceador del periódico *La Prensa* en las esquinas del D. F., a ser aprendiz de reportero de policiaca bajo la tutela del Güero Téllez.

Algunos domingos, día de descanso, Marino Muñoz me llamaba por teléfono para ir al Tercer Mundo, una cantina en la calle de Zaragoza casi esquina con la iglesia de San Francisco, donde comíamos y bebíamos generosamente. Después de un par de tragos de cerveza y mezcal, el jefe comenzaba a narrar sus años mozos en la ciudad de México.

Su esposa había muerto de un cáncer de estómago el 11 de septiembre del 2001 cuando las televisiones del mundo mostraban el derrumbe de las torres gemelas de Nueva York. Al enviudar, Muñoz decidió retirarse del oficio. Tenía suficiente dinero en la cuenta bancaria para decir adiós a sus amigos y a sus dos hijas ya casadas. Por eso, en la gran fiesta que organizó en su casa por el rumbo de San Pedro de los Pinos, anunció a los invitados que regresaría a la tierra donde había nacido. Sus padres llevaban varios años muertos pero le sobrevivía una hermana, Regina, quien era dueña y cocinera de un pequeño restaurante ubicado al pie de la carretera.

Sin embargo, Marino Muñoz no soportó la vida apacible del pueblo y la tranquilidad de la Sierra. Así que se despidió una vez más de la familia que le quedaba y se vino a vivir a la ciudad de Oaxaca. Comprendió que se había convertido en alguien que sólo se podía sentir cómodo entre personas desconocidas y edificios de concreto. Era un animal de la ciudad. Y aunque Oaxaca de Juárez le parecía un gran rancho, Oaxaca era, a final de cuentas, una ciudad minúscula donde el crimen y la perversión siempre estaban presentes.

En la ciudad rentó un departamento en el fraccionamiento El Rosario. Después de analizar la situación de la nota roja en la Verde Antequera, decidió abrir con sus ahorros un semanario que llevaría por nombre *La Noche*, en recuerdo de cierto periódico de los años cincuenta, donde se publicarían los crímenes más sobresalientes de Oaxaca. A diferencia de los demás periódicos que tenían secciones de nota roja, el semanario *La Noche* sería especializado. Desdeñaría cualquier nota informativa y sólo publicaría crónicas policiacas que transmitieran a los lectores el dolor y la frustración de quienes eran víctimas de la indiferencia de Dios. Los lectores se sentirían identificados con las víctimas. Ése era el gran chiste, la gran apuesta de *La Noche*.

El semanario lo fundó en lo que años atrás era la sala de proyección del cine Reforma, que a su vez estaba en una parte de lo que siglos antes fue un convento jesuita. Como otros cines tradicionales de Oaxaca, el Reforma cerró al poco tiempo de inaugurarse en los años noventa la supercarretera que acortó en cinco horas el viaje al D. F., adiós a las nueve horas por una carretera angosta y maltrecha que atravesaba las regiones de la

Mixteca y la Cañada. ¡Por fin se pudo acelerar a más de ciento cincuenta kilómetros por hora! Finalmente, Oaxaca y sus habitantes estábamos más cerca de la modernidad.

Dos meses después entré a trabajar. La gente había respondido a la propuesta de *La Noche*, y aunque Marino Muñoz se empeñó en ser jefe y peón al mismo tiempo, no se daba abasto.

En ese entonces yo había buscado sin suerte trabajar como reportero en los periódicos de la ciudad. Algunos eran diarios de abolengo, otros tradicionalistas y algunos pocos seudocríticos del gobierno. Todos compartían dos cosas: sobrevivían gracias a la publicidad oficial y no desaprovechaban los beneficios del amarillismo. Como para expiar culpas, los de mayor circulación publicaban los domingos una plana entera dedicada al Arzobispado de Antequera.

—Éstos son los más hipócritas, los más convencieros —dijo alguna vez Marino Muñoz al ver la portada del *Noticias* y *El Imparcial*—. Meten la religión con tal de vender. *La Noche* al menos se cierne a los criminales y a las mujeres abnegadas que reciben en una esquina a los hijos desesperados de Dios. Verdaderas vírgenes, verdaderas Marías, verdaderas Guadalupes —decía con seriedad, aunque a mí sus palabras me causaran una risa enorme.

CUATRO

Una voz femenina en la radio anunció las dos de la tarde. Raúl Jacinto Cruz, maestro mecánico propietario del taller El Pistón, dejó de revisar el motor del Volkswagen, recogió sus herramientas y con su característica voz de hombre arrojado le dijo a su ayudante, Edwin Aparicio Soriano, que la jornada de trabajo había terminado.

—¡Por fin es sábado! —gritó y luego dio una carcajada.

Su ayudante sabía que los sábados al maestro mecánico le gustaba ir a un bar cercano a las canchas polvorientas del deportivo Venustiano Carranza.

Horas después, a las cinco de la tarde, el maestro mecánico y su chalán habían bebido ocho cervezas cada uno. La ausencia de mujeres hartó pronto al jefe. Su ayudante iba a pedir la siguiente ronda de cervezas cuando Raúl Jacinto dio un golpe sobre la mesa, que hizo tambalear las botellas vacías, y propuso cambiarse a una cantina donde pudieran gozar de la compañía de mujeres.

Edwin Aparicio, de veinticuatro años de edad y estudiante del sexto semestre de ingeniería industrial en el Instituto Tecnológico de Oaxaca, puso objeciones a la propuesta del maestro mecánico. De su paga de ochocientos pesos semanales que había recibido, llevaba gastando casi ciento cincuenta pesos en cervezas. Faltaba entregar una parte del dinero a su madre, comprar un libro de la licenciatura y sobrevivir hasta el próximo sábado con el resto.

—No hay pedo, yo pago —atajó Raúl Jacinto.

Treinta minutos después, en el inicio de la noche, un taxi los dejó en los rumbos de San Martín Mexicapan, cerca de las riberas del río Atoyac. El bar se llamaba El Dólar y cumplía con las exigencias del maestro mecánico: mujeres, cerveza y música.

El Dólar era un galerón techado de lámina, con mesas y sillas de plástico dispuestas alrededor de un círculo pintado de rojo sobre el piso de cemento indicando la pista de baile. Algunas parejas bailaban al ritmo de la salsa. En la barra, las mujeres esperaban a los parroquianos en busca de felicidad. Junto a la entrada de los sanitarios había una cortina que servía de puerta hacia los cuartos.

Raúl Jacinto y su ayudante pidieron una cubeta de cervezas. Finalmente, una mujer de minifalda morada y blusa rosa ceñida, se sentó al lado del maestro mecánico. Tenía el cabello pintado de rubio y un pequeño lunar en la mejilla. Sus piernas distraían la mirada de cualquier hombre. Se hacía llamar Sherlyn. De inmediato pidió un vaso con Coca-Cola. El maestro mecánico acarició sus piernas, le habló al oído y la chica sonrió. Edwin presenció la escena dando tragos a su cerveza.

Cuando estaban por terminarse las cervezas de la cubeta, Edwin advirtió que uno de los meseros venía hacia la mesa.

El hombre interrumpió al maestro mecánico, se acercó a la mujer y le susurró algo al oído.

—Dile que estoy ocupada, que escoja a otra —respondió Sherlyn con fastidio.

—Vamos, amigo. Mejor tráete otra ronda de chelas que me quitas la inspiración —protestó Raúl Jacinto.

El mesero se dio media vuelta y fue hacia las mesas ubicadas al otro extremo de la pista. Edwin lo siguió con la mirada. El mesero llegó a una mesa donde había cuatro tipos con porte ranchero, rostros serios y escrutadores. «Tipos peligrosos», pensó Edwin Aparicio. La respuesta de uno de los sujetos fue instantánea. Algo le dijo de mala manera al mesero, quien alzó los hombros y regresó a donde estaban sentados Edwin, el maestro mecánico y su ligue. Las miradas de aquellos hombres estaban llenas de violencia.

El mesero pasó el recado:

—El tipo le manda decir que chingue a su madre y que es mejor que se vaya.

Raúl Jacinto se levantó como un toro furioso y señaló a los hombres. Los llamó putos y pendejos.

—Aquí nos quedamos. No somos unos pinches cobardes. Además, no hemos hecho nada —reclamó—. Quiero ver al dueño o quien sea que esté al frente de este changarro.

Casi enseguida, apareció frente a ellos un gordo, de pocos cabellos y grueso bigote, quien se presentó como Charly, el gerente.

—Lo siento, amigos, pero se tendrán que ir. Las cervezas son gratis. No queremos ningún problema. Con tipos como ésos, es mejor que ustedes se vayan. Es por su seguridad —soltó el gerente, para quien la mentada de madre que le devolvió el maestro mecánico fue insignificante. Con un movimiento de cabeza hizo traer a dos guardias de seguridad.

—¡Esto es una injusticia! Lo va a saber la Comisión de Derechos Humanos —protestó Raúl Jacinto.

Edwin Aparicio guardó silencio, dio tranquilamente el último trago a su cerveza y se levantó antes de que alguien lo obligara a hacerlo.

Mientras eran escoltados hacia la salida, Edwin sintió que las miradas de aquellos tipos iban tras ellos.

En el estacionamiento, aconsejó a su jefe que subieran al taxi que acababa de llegar y continuaran la farra en otra parte. Raúl lo estaba pensando cuando vio que tres jóvenes con aspecto de cholos bajaban del mismo taxi. En vez de subirse, el maestro mecánico se acercó a ellos.

—Oigan, chavos. Buenas noches. Necesito un favor. No piensen mal —rió con nerviosismo Raúl Jacinto al percibir las miradas serias de los recién llegados—. Miren, allá dentro hay cuatro changos que en cualquier momento van a salir a buscarnos pelea a mi compa y a mí. No podemos con todos ellos. Si nos ayudan, les invito las cervezas que quieran.

Los tres jóvenes se miraron. Tenían entre veinte y treinta años. Dieron unas caladas a sus cigarros.

—Va. Na más usted dice quiénes son y nos los sonamos —dijo el que parecía de mayor edad y estaba peinado hacia atrás con bastante gel.

En ese momento los cuatro rancheros salieron de El Dólar. Parecía no importarles que estuvieran en desventaja numérica.

Edwin Aparicio se colocó junto al maestro mecánico en espera de cualquier movimiento. Sentía el sudor bajándole por las patillas y saliéndole entre las manos. Los tres jóvenes estaban alerta para soltar puñetazos. El ranchero que pidió los servicios de Sherlyn se llevó la mano a la cintura. Edwin pensó: *va a sacar una pistola* y estuvo a punto de esconderse tras los autos. El maestro mecánico se puso pálido. Sin embargo, en un movimiento rápido, el joven del cabello engominado se levantó la camisa y desfajó un revólver. Apuntó a los rancheros. Los guardias de seguridad cerraron la puerta del bar y los parroquianos que se quedaron en el estacionamiento se fueron a esconder entre los automóviles.

—Nada de pendejadas —ordenó a los rancheros, quienes comenzaron a caminar sin apartar la vista del revólver que los seguía detenidamente, hacia una vieja camioneta Ford color amarillo con marcas de desgaste en la carrocería.

Huyeron.

Edwin Aparicio vio al joven de cabello engominado. Era un tipo duro que los había salvado de una golpiza. Miró a sus acompañantes. Reían. Algo era seguro en esos jóvenes: vivían con la muerte al lado y no le temían.

—¡Excelente, muchacho! —celebró el maestro mecánico—. Se nota a leguas que eres un cabrón.

El más joven del grupo lo interrumpió.

—Hay que largarse de aquí. En un rato va a llegar la policía.

Salieron del estacionamiento y pararon un taxi que venía pasando. El maestro mecánico propuso celebrar en algún *table dance,* pero los tres jóvenes prefirieron ir a una vinatería.

Después de comprar varias cervezas, Raúl Jacinto preguntó que a dónde irían a beberlas. El maestro mecánico no podía ocultar su júbilo. El del pelo engominado dijo que antes debían hacer otra parada.

—Queremos coca —dijo uno de los muchachos que tenía a la Santa Muerte tatuada en el antebrazo izquierdo.

El maestro mecánico y su chalán se miraron. Edwin alzó los hombros en señal de desconcierto. Raúl Jacinto se quedó viendo el piso, luego sonrió y dejó salir un «qué diablos».

Tomaron otro taxi. El del tatuaje guió al taxista a un auto-lavado cercano al puente de Xoxocotlán. Al llegar, los tres jóvenes se metieron al negocio. Edwin y el maestro mecánico los esperaron en el taxi. El del cabello engominado pidió después al chofer que los llevara por la vieja carretera a Monte Albán. En una curva le ordenó detenerse. Le pagaron. Raúl Jacinto, Edwin Aparicio y los tres jóvenes se encaminaron por una vereda. Pronto toparían con la malla que limitaba el área arqueológica. Aunque para Edwin y el maestro mecánico era difícil guiarse en la oscuridad, sus acompañantes parecían conocer el camino de memoria. Las luces de la ciudad resplandecían diminutas abajo en el Valle. Más cerca, estaban los focos de las casuchas de lámina que se alzaban en las laderas del cerro.

Los tres muchachos se detuvieron frente a la malla que limitaba el paso a una loma donde el cielo estrellado hacía distinguir una estructura arqueológica. Pasaron al otro lado de la cerca por un hueco. Destaparon las cervezas en la punta del mogote. Era de poca altura. El más joven sacó su teléfono celular. Empezó a escucharse *El Rey* en la voz de José Alfredo Jiménez. Hablaron de la huida de los rancheros.

—Eran unos putos. Se les veía en los ojos —dijo el del tatuaje de la Santa Muerte.

Los tres jóvenes y el maestro mecánico bebían las cervezas con rapidez. Edwin Aparicio sólo observaba y oía la conversación, a veces daba tragos a la cerveza que se le comenzaba a calentar en las manos. Estaba incómodo. *¿Por qué no me fui cuando pude?*, pensó. Ahora sentía obligación de reír con las ocurrencias de aquellos jóvenes casi de su edad, y lo peor, celebrar la falsa valentía que había en las palabras de su jefe.

Mientras Edwin pensaba eso, el del cabello engominado se iluminó con la pantalla del celular para utilizar la punta de una navaja y sacar la cocaína de la bolsita de plástico. Acercó el metal a su nariz y entonces aspiró el polvo blanco.

En cierto momento en que todos estaban en silencio, donde sólo dominaban las notas de José Alfredo Jiménez, Edwin hizo una pregunta:

—Disculpen, compas, pero, ¿cómo se llaman?

Edwin se había dado cuenta de que no se habían presentado. O al menos no se acordaba de sus nombres. Los tres jóvenes volvieron a reír.

—Es mejor que no los sepas. Puedes decir que somos tus valedores —dijo el del tatuaje riéndose como una hiena.

—Mejor dejémonos de chingaderas y, a ver, ¿a qué equipo de fut le van? Usted primero —intervino el de menor edad, dirigiéndose al maestro mecánico. Aparentaba veinte años de edad y tenía la manía de hablar casi a gritos y sobarse la nariz después de aspirar las líneas de coca.

—Pues al Cruz Azul —respondió el maestro mecánico—. ¿Y ustedes?

—Nosotros puras Chivas, el mejor equipo de México y de puros mexicanos. A huevo —soltó el muchacho.

—¿Y tú? El mudo… —continuó el más joven.

Edwin dudó en decir el nombre de su equipo favorito, pero decidió ser fiel a la camiseta.

—Al América.

—No la chingues —respondió el de veinte años—. Al equipo de los putos. No pensé que fueras maricón.

Edwin intentó no responder al insulto. Pero aquel muchacho era menor que él y no iba a dejar que lo humillara.

—El América no es pa' cobardes —dijo.

El del cabello engominado y el del tatuaje se rieron. El más joven se quedó en silencio, mirando a sus amigos como si le sorprendiera que se burlaran de él. Luego se fijó en una botella vacía de cerveza y la lanzó contra Edwin, quien al recibir el golpe en la cabeza cayó a la tierra.

Edwin se llevó la mano a la cara. Además del dolor, un líquido caliente comenzó a bañarle. Era su sangre. El otro muchacho le gritó que eso había sido para que aprendiera a no meterse con él. Raúl Jacinto intervino demasiado tarde.

—Oigan, díganle a su amigo que se tranquilice —le pidió a los otros dos.

—¡Usted, cállese! ¡Pinche viejo puto! —le gritó el más joven.

—¡Tranquilo, pinche Munra! Por eso no dejo que te metas coca. Siempre te pones muy yope —dijo el del cabello engominado.

El maestro mecánico ayudó a Edwin a levantarse. Los otros dos jóvenes llevaron a su amigo al otro extremo de la estructura arqueológica. Parecían discutir.

Con el sabor de su sangre en la boca, Edwin le pidió a su jefe que se fueran.

—Este pendejo ya me rompió la madre, jefe. Mejor vámonos. No le vaya a tocar también a usted.

A pesar de su borrachera y la euforia que le había despertado la coca, Raúl Jacinto le dio la razón a su ayudante. Caminaron hacia el hueco en la cerca. El maestro mecánico sostenía a Edwin por los hombros, ya que éste apenas podía caminar debido a que tenía la vista aturdida.

—¡Aguanten! —gritó el del cabello engominado.

Edwin pidió que no se detuvieran. Sin embargo, el maestro mecánico no quería malentendidos. El sujeto caminaba con firmeza y rapidez hacia ellos.

—Oye, amigo. Ya nos vamos. No queremos problemas —se adelantó a hablar el maestro mecánico.

En respuesta, el muchacho lo encañonó con el revólver.

—Chingá, les digo que se esperen. ¿No ven que los estoy defendiendo?

Raúl Jacinto soltó a su ayudante y alzó los brazos. A su vez, Edwin trató de sostenerse en pie, pero el dolor en la nariz se adentraba en su cabeza y sentía que perdería el equilibrio en cualquier momento.

—¡Regresen! —les ordenó. Su ropa negra lo hacía parecer una sombra más oscura que la noche.

—Tranquilo, amigo. El problema no es contigo, sino con ese chamaco pendejo que madreó a mi ayudante —explicó Raúl Jacinto.

—Ese chamaco pendejo es mi hermano y nadie le dice así —dijo el muchacho antes de que se escucharan dos disparos que ocultaron el quejido del maestro mecánico antes de caer, sin vida, al piso.

El tipo se volteó y Edwin pensó que también le iba a disparar. Edwin rogó por su vida. Vio cómo le apuntaba a la cabeza y accionaba el arma. Pero ninguna bala se disparó.

—¡Puta madre! Se me acabaron las balas.

Los otros dos jóvenes se acercaron corriendo.

—Verga, ya te echaste a este pendejo. ¿Ahora qué hacemos con éste? —preguntó el del tatuaje de la Santa Muerte.

Edwin rogó que no lo mataran. Un puño contra su rostro fue la respuesta; luego le cayeron varios más acompañados de patadas sobre todo su cuerpo. Edwin perdió el conocimiento.

El sol calentó su cuerpo. Sintió que ardía. Edwin abrió los ojos con dificultad. El dolor en el rostro era intenso. Lo primero que vio fueron los matorrales a su alrededor, más allá la estructura arqueológica. El efecto de la golpiza lo retuvo todavía varios minutos en el suelo. Tardó en levantarse. Tambaleante, buscó el cuerpo de su jefe. Lo encontró unos metros adelante. Los matorrales ensangrentados le señalaron el lugar. Asustado pero sintiéndose con suerte, se palpó los bolsillos. No tenía cartera. Caminó hacia el hueco de la cerca, la cruzó y luego anduvo hacia la carretera. En el trayecto se cayó varias veces. Al alcanzar el asfalto, se abalanzó sobre el primer auto que pasó.

Dos horas después, vendado de la cabeza y con curaciones en la nariz rota, Edwin Aparicio narró al agente del Ministerio Público adscrito a la Cruz Roja su último día con Raúl Jacinto Pérez, dueño del taller mecánico El Pistón.

Mientras las fuerzas del orden y la justicia aseguraban el sitio del asesinato, Edwin Aparicio volvió a contar la historia a varios periodistas de nota roja. Un policía que escuchaba con curiosidad, soltó al final de la narración:

—¡Qué pinche suerte!

A las cinco de la madrugada terminé de pasar en limpio las crónicas de los casos más interesantes de la semana: el asesinato del maestro mecánico en la vieja carretera a Monte Albán, dos suicidios, la muerte por congestión alcohólica de un miembro del Escuadrón de la Muerte, dos choques fatales ocurridos en las carreteras a Tlacolula y Puerto Escondido y un atropellado que resultó embarrado en la autopista a México.

—¿Bajaste las fotos a la compu? —preguntó Marino Muñoz al verme fumando un cigarro en la ventana.

—En eso estoy, jefe.

Media hora después, sentado frente a la pantalla, Marino Muñoz inspeccionó las fotos con sus gruesos lentes. Cuando llegó a las fotos que tomé en la casa del historiador, dijo que no sacaríamos nada.

—Oiga, jefe, pero eso va en contra de los principios de *La Noche*. Usted mismo ha dicho que la muerte no conoce de diferencias sociales.

—No tienes que recordarme mis palabras —contestó con enfado—. No publicaremos la nota porque no hay sangre, falta violencia. Los lectores se van a dormir. Además necesitamos llenar el espacio con algo que venda. Un anunciante se retiró esta semana.

—¿Y eso? ¿La crisis mundial?

—Por una de tus crónicas, pinche Carrizo. Dejaste mal parado al Tejano la semana pasada.

El Tejano era un *table dance* por los rumbos de Santa Lucía del Camino, donde una bailarina había sido asesinada a cuchilladas por un cliente borracho durante un baile privado.

—Jefe, la ineptitud de los guardias de seguridad permitió que mataran a Cherril. Yo tenía un deber moral con ella. La conocí…

Mis palabras se perdieron frente a la exhalación del cigarro que Marino Muñoz acababa de encender.

Al final, salí de la sala de redacción un poco después de las seis de la mañana. Era domingo y comenzaba a clarear el día. Estaba cansado. Llevaba más de un día sin dormir. Subí a la moto y enfilé hacia el departamento.

CINCO

AL MEDIODÍA ME DESPERTÓ el timbre del teléfono. No era la policía ni los paramédicos. Reconocí la voz de Rafael Velázquez, pintor que vendía su obra en el parque Labastida y a quien acompañaba ocasionalmente en aventuras etílicas.

—¡Carrizo, ídolo del gremio periodístico! —dijo Velázquez con voz aguardentosa.

—Buenos días, artista —le contesté.

Velázquez tenía destreza para dibujar escenas lúgubres y tristes. Era un pintor de escenas del olvido: un vagabundo buscando comida en el basurero; una prostituta gorda, desnuda y exageradamente maquillada posando en una cama elegante; el cuerpo apachurrado de un perro sobre la carretera; un niño indígena con el semblante inalterado, tocando el acordeón sentado en la calle de Alcalá, a su lado el padre durmiendo y frente a ellos los turistas extranjeros bailando y tomando fotos en un ambiente festivo donde resaltan los globos y los cohetes.

—Necesito platicarte un asunto que me tiene preocupado —dijo como si estuviera abatido.

—No soy sacerdote o cosa por el estilo.

—Los dolores del alma se los cuento al lienzo, Carrizo. Tiene que ver con la muerte de Joaquín Bárcena, el historiador, supongo que estuviste en su casa...

—Sí, pero no lo publicamos.

—Apareció la nota de su muerte en la página de sociales de *El Ecuánime*. ¡En sociales! —dijo el pintor.

Recordé que había visto al Diablo en su motocicleta camino a la casa del historiador. Lástima que Marino Muñoz desaprovechó la primicia, pensé.

—La nota roja está en todos lados, don Rafa. Es lo que mejor vende. Más en esta época de guerra contra el narco y epidemias de marranos y hombres. Me extraña que lea *El Ecuánime,* un periódico tan de derecha, como usted dice.

—Lo leí mientras me boleaba los zapatos en el Zócalo. No pienses mal. En fin... Deseo consultar contigo algunos negocios que hice con Bárcena. Eres de mi plena confianza. ¿Tienes tiempo esta tarde?

Miré la fotografía que tenía pegada al refrigerador: Donají y yo sentados en un café de los portales. Había quedado para comer con ella y luego ir al cine. Era mi día de descanso.

—Tengo un compromiso y creo terminar como a las ocho de la noche. ¿Le parece si nos vemos a las nueve, para no errar, en el bar Tere? Me queda cerca.

—No es por hacerla de emoción, pero preferiría que nos reuniéramos en tu departamento. Yo llevo los suplementos acuosos —dijo Velázquez.

Pocas veces había invitado a Rafael Velázquez a tomar algo en mi departamento. Él siempre era el más dispuesto a beber en las cantinas. Algo le preocupaba realmente para evitar los oídos indiscretos.

—Está bien. A las nueve lo espero. Hasta luego —colgué y volví a la cama.

A las tres de la tarde pasé por Donají. Vivía en un departamento minúsculo, en la primera planta de un edificio horroroso por el rumbo de Símbolos Patrios. Me recibió vestida con una blusa negra y falda larga color verde. Su cabello oscuro intenso caía sobre sus hombros y se escondía en el despeñadero de su escote. Su piel morena y los labios carnosos provocaron que la besara apasionadamente. Me apartó de ella jalándome de las orejas cuando sintió que mi guerrero se disponía a atacarla.

—No señor, no me tardé arreglándome para que no dure nada. Aguántese —dijo mirándome con sus ojos grandes y de un extraño café canela.

Suspiré. Le di la mano y caminamos hacia la moto.

Minutos después llegamos a Plaza Universidad. Anduvimos tomados de la mano y nos confundimos entre los pasillos repletos de familias y parejas. Donají y yo estábamos juntos desde hacía unos cuatro meses. Jamás habíamos mencionado las palabras noviazgo ni compromiso. Era como si temiéramos que formalizar la relación fuera a terminar con la pasión y el entendimiento. Ambos trabajábamos en lo que nos gustaba llamar «el periodismo». Ella en un periódico progobierno que se consideraba paladín de la información y yo en *La Noche*, el semanario policiaco mal visto por la clase política y la gente bien, que cumplía una función digna y necesaria: atestiguar la violencia y la desgracia en Oaxaca.

Compramos boletos para la película *El Luchador*, estelarizada por un desfigurado Mike Rourke. Luego fuimos a comer a la zona de restaurantes. Hablamos del trabajo. Donají había estudiado ciencias de la comunicación en una pequeña universidad privada de Oaxaca. Yo era un desertor de la carrera de cualquier licenciatura. A ella la exasperaba ser editora de la sección de sociales. Quería escribir columnas políticas. Comentó algo sobre el proyecto de un suplemento de mujeres periodistas que presentaría al director. Bromeé diciéndole que las señoras de sociedad iban a extrañar las crónicas de sus desayunos sabatinos.

La película me gustó. Me sentí identificado con la forma en que el personaje afronta la vida. Resistencia ante el fracaso. Vivir con pasión. En algún punto me sentí culpable de dejar que me hiciera pensar en mis deseos de ser escritor.

Dejé a Donají en su departamento como a las siete y media de la tarde. Tuvimos un encuentro rápido y frenético. Al cruzar su puerta, de inmediato le alcé la falda y le bajé la tanga. Complaciente y húmeda recibió al guerrero. Se molestó cando le dije que no podía quedarme a pasar la noche. Nos despedimos y quedamos de vernos al día siguiente.

SEIS

Rafael Velázquez llegó puntual a la cita. Cargaba una bolsa en la que se adivinaban las formas de dos botellas.

—Johnny Walker, agua mineral y una bolsa de hielos —dijo.

—¿Traicionando al mezcal?

—Nada de eso —respondió sacando de su chamarra una licorera—. Aquí traigo para las emergencias. Sólo que para contarte bien mi caso, mi querido Carrizo, no hay nada mejor que un buen jaibol.

—Para eso, mejor café —le dije.

—¿Quieres envenenarme?

Lo hice pasar. Rafael Velázquez tenía el aspecto de un viejo marinero con su barba entrecana mal cuidada. Era de estatura mediana, ligeramente encorvado, brazos fuertes y anchos, melena blanca que amarraba en cola.

Preparé los jaiboles. Comentamos algunas cosas sobre la política y la situación que atravesaba el país. Coincidimos en que México se estaba yendo al garete.

—Este país necesita otra revolución —dije.

—Una en la que por fin se entienda que las leyes son para cumplirse —añadió él.

Luego reímos. Si algo teníamos en común era que siempre estábamos listos para romper cualquier norma.

—Un artista no puede seguir todas las leyes, ser un pinche ciudadano bien portado. Si algo lo distingue es que siempre está más allá de cualquier barda. La única restricción que un artista debe conocer son las que su propia conciencia le impone. Nada más —dijo Velázquez a punto de terminar el primer vaso de whisky.

—O las de su talento —agregué.

—Han existido artistas que crearon obras insuperables, Carrizo. Momentos únicos y eternos de belleza aunque ellos hayan sido moralmente muy cuestionables... Mentirosos, pendencieros, alcohólicos, drogadictos, egoístas hasta la última letra o lo que se te ocurra agregarle.

—Pero no se puede negar que también existen artistas generosos y honrados, don Rafa.

—En ésos confío menos, Carrizo. Les acepto que en sus últimos días se presenten como personas correctísimas, yo también lo hago, tienen el derecho a guardarse los detalles de su vida. Lo que no puedo aceptar es que mientan, que nieguen que el artista vive en el infierno y el arte es su única salvación. ¿Me entiendes?

—Bueno, don Rafa, creo que no existe un solo camino para el arte y que el único destino es la muerte.

—Estás joven y ya te darás cuenta. Déjame aconsejarte: sigue tus impulsos. ¿De qué sirve la razón sin el impulso de algo indescriptible? ¿De qué sirve vivir lo indescriptible cuando no podemos forzar a la razón para que comprenda y explique? Ahí es donde está el tema, ahí, te lo digo, Carrizo.

Unos minutos de silencio. Recargamos los vasos con hielo, agua mineral y Johnny Walker. Encendí un cigarro. Velázquez sacó un Delicado sin filtro.

—Bueno, ya cuéntame ese tema sobre el difunto Bárcena —dije.

Velázquez sirvió un chorrito más de whisky en el vaso de plástico e hizo ligeros movimientos circulares para revolver la mezcla. Dio un trago largo hasta que sólo quedaron los hielos.

—Mira, Carrizo, lo que te voy a decir es confidencial. Sólo quiero saber antes si puedo contar contigo.

—Mientras no sea usted un asesino serial y me pida ser su cómplice, cuente conmigo.

—No, nada de eso. En abril del 2006, Joaquín Bárcena llegó al parque Labastida a encargarme un trabajo. Aferrado a un bastón con mango en forma de león, vestía un traje negro que seguramente le quedó mejor en el siglo pasado. Tenía varios años sin verlo. La última vez fue cuando sus pasos todavía eran rápidos como los de un joven. Bárcena me mostró la foto de una pintura. Era la escena de una virgen cargando a un niño Jesús. Por su estilo parecía del siglo XVI. De algo sirvieron mi experiencia como restaurador y las clases de historia del arte que tomé de joven en París. Es el cuadro de Nuestra Señora del Pópolo que está en el templo de la Compañía de Jesús, dijo. Me preguntó si podría realizar una copia. ¿Para qué quería una copia?, le iba a preguntar, pero me extendió un cheque. Es un adelanto de la mitad, lo quiero en tres meses, dijo. El cheque era por treinta mil pesos, lo necesario para vivir tranquilo medio año. Le dije que haría el trabajo. Se despidió y caminó hacia un coche gris del año que lo esperaba en doble fila. Al volante iba su chofer, un bigotudo serio —dijo Rafael Velázquez y luego guardó silencio, fijando su mirada en el vaso de whisky.

—¿Es todo? —pregunté—. No me diga que vino a contarme eso.

Él parecía buscar las palabras, como si su mente se resistiera a escupirlas sin orden.

—La fotografía que me dio Bárcena —continuó— era insuficiente para hacer un trabajo de calidad. Por eso me pasé algunos días yendo al templo de la Compañía a estudiar la obra. Permanecía a veces una hora o más estudiando el trazo, la luz, en fin, dibujando bocetos. Aquellos fueron días de relajamiento total, como si hubiera vuelto a mis días mozos en París. Dejé de beber durante el transcurso de la preparación de la obra. Copiar ese cuadro del Renacimiento italiano era un reto que me fascinaba. Dos meses después ya tenía hecho el boceto. Otro artista dirá que me tardé mucho, pero bueno, cada quien anda a su ritmo. La cosa se compuso cuando comencé a poner los colores. Fueron días febriles de ocho, diez horas diarias trabajando y sin una gota de alcohol. Había algo de misterioso en copiar la obra de un pintor ya muerto. Era como ser él, era volver a crear la obra, era verla dentro de mi cabeza como si fuera realmente mía. Y pues, bueno, al final llegó el día en que llamé a Bárcena para avisarle que había terminado el encargo. Me respondió que pasaría a verme al parque Labastida para entregarme el resto del dinero. Colgó. Pasaron varios días y no tuve respuesta suya. No me preocupé. Sólo había gastado una parte del dinero así que me quedaba suficiente para disfrutar los siguientes meses sin el apuro de vender un cuadro para pagar la renta. Fue así como aproveché un domingo para visitar nuevamente el templo de la Compañía. Tenía la necesidad de comparar la obra original con la mía. El interior de la iglesia estaba apenas iluminado por la luz de la calle y las veladoras se reflejaban en el oro de los retablos. Fui a sentarme en la banca que estaba frente al cuadro. Comencé a buscar las mínimas diferencias en aquella obra pintada durante el Renacimiento que delataran la inferioridad de la mía, pintada en este siglo xxi. Y la verdad es que conforme pasaba más la vista y buscaba detalles que se me hubieran pasado, no hacía más que sentirme orgulloso de mi trabajo. Lo único distinto era que mi pintura no era la original. Pensé que aquel trabajo bien merecía una propina de Bárcena.

»El siguiente miércoles en la tarde se apareció Bárcena en mi departamento. Era de noche y venía acompañado de su chofer. Vio el cuadro. Sus ojos grises resplandecieron como un cielo de primavera. Le gustó tanto que hasta se atrevió a darme unas palmadas en el hombro. Me pagó el dinero restante y se fue hacia una lujosa camioneta negra mientras su chofer lo seguía cargando el cuadro.

Hasta ese momento, Velázquez no había dicho nada que necesitara confidencialidad. El whisky comenzó a hacer un agradable efecto.

—Esto sucedió en los últimos días de mayo. El 14 de junio de 2006 todo explotó. Los maestros fueron desalojados del Zócalo y entonces comenzó la revuelta social que abrió la mente de la población. En las noches, entre barricadas, rasgueos de guitarras revolucionarias y mujeres triquis durmiendo en los portales, me daba unas vueltas por el templo de La Compañía de Jesús. Pasó un mes y el movimiento social fue creciendo. Me uní a las barricadas y de ahí son algunas pinturas que tú ya conoces. Sin embargo, el 24 de julio me encontré con una noticia en el periódico que me hizo querer de inmediato un trago de mezcal. El día anterior había desaparecido el cuadro de Santa María del Pópolo. Lo robaron en la sacristía donde iba a ser restaurado. Los asaltantes cortaron la tela del marco para podérsela llevar. El robo sucedió a plena luz del día. Nadie se dio cuenta. El sacerdote era citado en la nota diciendo que seguramente los asaltantes se habían servido de los servicios de baño público, que prestaba la iglesia a los profesores, para entrar y robar el cuadro.

—¿Y usted cree que Bárcena ordenó el robo? —intervine.

—Detrás del robo tuvo que haber alguien con educación suficiente para conocer su valor artístico. Ese mismo día telefoneé al viejo para darle la noticia. Ya estaba enterado y se escuchaba tranquilo. Sólo dijo que era lamentable. La autoridad por supuesto no le dio mucha importancia, sus preocupaciones estaban en que el movimiento social no tirara al gobernador —respondió Velázquez.

—Don Rafa, déjeme decirle que sus sospechas no tienen sustento. ¿Para qué le iba a encargar Bárcena una copia de la pintura si pensaba robársela? Eso es gastar dinero a lo pendejo.

—Lo sé —contestó el pintor dando el último trago al vaso de whisky—. Pero siempre me he preguntado por el destino de esa pintura, Carrizo. No me cabe duda que fue trabajo de una mafia.

—¿Y entonces por qué ha venido a contarme esto, a dos años de distancia? —le cuestioné, dando ahora yo el último trago a mi vaso.

—Porque estuviste en el lugar donde murió Bárcena, ¿no? Sólo quiero saber si el cuadro que yo hice está en su poder.

Viajé a la memoria. Recordé los cuadros idénticos colocados en el piso y apoyados contra la mesa.

—Me pareció ver unos cuadros...

—Te voy a enseñar la foto que me dio Bárcena al encargarme la copia —me interrumpió Velázquez sacando del bolsillo de su camisa una foto algo estropeada.

La miré. No había duda: esa imagen la había visto en el estudio del historiador. El radar comenzó a darme señales de urgencia. Le pedí el ánfora de mezcal.

—Esa imagen la he visto en el estudio de Bárcena. Pero hay un problema... son dos pinturas idénticas.

Rafael Velázquez abrió los ojos como si una mujer desnuda le enseñara el paraíso. Primero se puso blanco y luego el rostro se le enrojeció.

—¡Lo sabía! ¡Lo sabía! —gritó levantándose tan bruscamente que tiró la silla. Comenzó a dar vueltas en el departamento.

—Si los cuadros son idénticos —dije—, todavía cabe la posibilidad de que Bárcena mandara a hacer dos copias. Usted no es el único pintor en Oaxaca, ¿sabe?

—No, no, eso ni madres. Tenemos que avisar a la policía —dijo Velázquez.

Le di otro trago al mezcal.

—Mejor esperemos, don Rafa. Mañana iré a la sala de redacción e imprimiré las fotos para que usted les dé un vistazo. Debemos estar seguros que se trata del original y la copia. Hablamos de Joaquín Bárcena. A ver, dígame: ¿podría reconocer su pintura?

—Incluso tuerto y a punto de perder el otro ojo —contestó Velázquez. Le dio un trago largo al ánfora de mezcal hasta vaciarla.

Quedamos de vernos al día siguiente a las seis de la tarde en el parque Labastida. Yo iba a llevar las fotos impresas. Si nuestras sospechas eran ciertas, iríamos a la Procuraduría.

Para él sería un gran triunfo y para mí una gran nota en *La Noche*. Soñé con ser famoso y ganar el Premio Nacional de Periodismo o al menos el estatal.

Velázquez se marchó poco después de la media noche. Lo vi alejarse con paso zigzagueante por la calle de Abasolo, cantando *Venceremos*, la inolvidable letra de Iturra.

Más tarde sentí el efecto del mezcal y el whisky explotar en mi sangre. Me quedé dormido en la cama con la ropa puesta.

SIETE

EL LUNES DESPERTÉ con el alma temblando por la cruda. Mi boca estaba tan seca como la arena del desierto. Eran casi las nueve de la mañana. Necesitaba desayunar algo que me devolviera la vida. *Un menudo en el mercado,* pensé. Me lavé la cara. Dejé la regadera para más tarde. Me serví un vaso de agua y lo tomé de un tirón. El efecto en mi estómago fue duro: vomité. Sin embargo, el temblor interno disminuyó a los pocos minutos. Revisé que no faltaran en la mochila las herramientas. Saqué los lentes de sol. Enfile la moto hacia el mercado Benito Juárez.

En el trayecto pensé que si las pinturas resultaban ser copia y original habría mucho tema para escribir. ¿Qué pies mojaría la marea del robo? A sesenta kilómetros por hora iba partiendo el aire.

Dejé la moto frente a la Casa del Mezcal. Un menudo rojo de panza de res, cinco tortillas y una Coca-Cola: treinta pesos. La primera cucharada comenzó a soldarme el cuerpo.

Al terminar el desayuno, caminé hacia *La Noche*, que se encontraba a dos calles de ahí. El sol aportó su calor para lograr la curación completa. Algo de sudor me bajaba de las sienes. Pasé frente al templo de La Compañía, donde habían robado el cuadro. Me detuve en la puerta. El interior de la iglesia era oscuro. Doblé en la esquina de Trujano. A media calle se ubicaba la entrada a la sala de redacción de *La Noche*. ¡Cuán cerca estaba mi lugar de trabajo del sitio donde se había cometido un robo! El crimen es imprevisible.

La zapatería del pasillo apenas había levantado las persianas metálicas y dejaba a la vista los escaparates. Cientos de zapatos acomodados en perfecto orden. Una diminuta empleada limpiaba las vitrinas. Atravesé el pasillo. Al fondo, una escalera conducía a lo que fue la sala de proyección del cine Reforma.

La puerta estaba cerrada y supuse que Marino Muñoz probablemente había amanecido en igual o peores condiciones que yo. Saqué la llave y entré. Encendí la computadora y un cigarro para bajar el desayuno. Preparé café.

En el escritorio de la computadora, el cenicero lleno de colillas de cigarro reveló que el Genio López, formador de la edición, había reinado la noche anterior. Alrededor de la pantalla había varios papeles con manchas de gotas de café.

Comencé a buscar en los archivos de la computadora las fotos de mi cámara. Saqué la memoria USB y la inserté. Antes de copiar en la USB las fotos que tomé en casa de Bárcena, les di un vistazo en la pantalla. Observé las dos pinturas, idénticas, colocadas en la biblioteca del historiador. La foto de su rostro pálido y sus ojos grises sin vida. La de sus manos sucias de tinta. La fotografía del recado hecho con tinta negra y letra cursiva. Entonces me detuve. Debajo de la foto, en la parte inferior que mostraba el archivo había un recado: «Carrizo, necesito hablar contigo. Llámame al celular. López». El radar me mandó señales.

El Genio López era un cuarentón alto, de ojos negros y ceño siempre fruncido que le daba la apariencia de estar siempre preguntándose algo. Su altura y la tez morena de su piel lo hacían parecer más árabe que oaxaqueño. Vestía camisas a cuadros algo arrugadas, lo que era algo normal por ser soltero. Los pantalones holgados y las botas de montaña le daban la apariencia de ser un explorador extraviado en la ciudad. Trabajaba en *La Noche* desde sus comienzos. Teníamos una relación cordial como compañeros de trabajo, pero jamás habíamos ido a beber alguna cerveza juntos. Eso sí, fumaba más de lo que hablaba. Marino Muñoz me dijo que le pusieron El Genio porque además de ser el alumno más destacado de su generación en la carrera de ingeniería del Instituto Politécnico Nacional, donde se abría una botella él aparecía. No sabía más de su pasado, ni tampoco él hablaba sobre ello. *¿Qué querría decirme?*, me pregunté.

En ese momento, el teléfono celular comenzó a vibrar. El identificador de llamadas reveló el número de Chendo Gutiérrez, agente de la Policía Judicial del Estado y que ocasionalmente me avisaba de algunos casos.

—Buenos días, Chendo.

—Para ti soy agente Gutiérrez, pinche reportero —comenzó a reír al otro lado de la línea. Lo imaginé con los pies encima del escritorio.

—Te lo diría si no fueras tan cuche.

Otra vez esa risa ronca de policía que más de una vez ha cruzado los márgenes de la ley.

—¡Tranquilo, cabrón! Que seas dizque reportero no te salva de un tehuacanazo. Tengo algo pa' que muevas las nalgas. Un caso de esos que le gusta a la gente. Con mucha sangre.

—Siempre te sale lo puto —le dije—. ¿Dónde es?

Saqué la libreta y el bolígrafo para anotar.

—En San Agustín de las Juntas. Un niño herido y otro muerto reventado a mordidas por dos perros del demonio. Acabamos de recibir el reporte. ¡Apúrale pendejo o te ganan la nota! —colgó.

Guardé la libreta y la USB en la mochila y salí de la sala de redacción. Dejé la USB en un estudio fotográfico que encontré al paso y que pasaría a recoger a las seis de la tarde antes de verme con Rafael Velázquez.

Volví a la sala de redacción dos horas después. Llevaba las fotos impresas en la mochila, pero algo más me acompañaba. Era una rabia, una furia desproporcionada. La escena me había conmovido como los golpes metálicos de una grúa que va a derrumbar un edificio.

Marino Muñoz leía el periódico. Le pregunté si sabía algo del Genio López. Apenas hizo caso de mi presencia. Su respuesta fue un movimiento horizontal de cabeza. No hablé más. Era medio día y necesitaba escribir. No me dejaban en paz las imágenes que había visto. Necesitaba expulsar de mí lo que habían vivido esos niños. Si no lo hacía me haría daño. Era como en el principio del oficio, cuando ver la muerte de cerca amenazaba con sumergirme en la desesperación. Encendí un cigarro. Preparé café. Rafael Velázquez y las pinturas dejaron de importarme. Saqué de la mochila la libreta. Encendí el monitor de la computadora.

OCHO

Jesús y Roberto se adentraron en el terreno baldío esquivando la alambrada de púas. Era un atajo para llegar a casa. Jesús entró primero y esperó a que cruzara su hermano, quien a los nueve años era el goleador en los partidos del recreo.

Miraron el terreno polvoriento y abandonado, tan grande como una cancha de futbol. Manchones de maleza crecían por todos lados. En las esquinas del terreno baldío se amontonaba todo tipo de basura: botellas de plástico, pañales y sobras de comida. En medio del terreno, un árbol de guaje lanzaba su escuálida sombra. Iban a dar las tres de la tarde y el sol parecía estar en su punto más alto. Apuraron el paso. Su madre llegaría pronto de vender tamales en el mercado 20 de Noviembre de la ciudad.

—No debimos quedarnos a jugar canicas —dijo Jesús.

Roberto lo miró y sonrió. Le faltaban dos dientes que se le habían caído unos días antes. Esa tarde había ganado dos ojos de pescado y una bombocha.

—¡Aguas donde pisas! No vaya a salir una pinche culebra —advirtió Jesús.

Siempre había seguido las palabras que le dijo su madre al entrar Roberto a la primaria: «Cuídalo». Y había cumplido. Se hubiera ahorrado más de una pelea, un revolcón, una nariz sangrante si alguien mayor lo hubiera defendido de los gandayas. Pero eso ya no importaba. Él estaba ahí. No por nada le decían el Hulk. Su cuerpo de tanque y los brazos musculosos a sus trece años eran por cargar diariamente las cubetas de nixtamal. De lunes a domingo se levantaba a las 5 de la mañana y acompañaba a su madre al molino del pueblo a preparar la masa de los tamales.

Jesús sólo tenía un sueño: volver a ver a su padre, quien había viajado al Norte cuando él tenía cinco años. Roberto apenas gateaba. Desde hacía un tiempo su papá ya no mandaba dinero. Tampoco llamaba a la caseta de teléfono que había en la esquina de la calle. Su madre le decía que era porque tenía mucho trabajo. Pero uno de sus primos, hijo de un hermano de su papá, le había dicho que su padre ya tenía otra mujer y otros hijos allá en Los Ángeles. En el pueblo todo se sabía. Todo…

Pasaron el árbol de guaje que era como el centro del terreno. Después saltaron un hormiguero tan grande como un círculo de canicas. Cientos de hormigas arrieras, rojas y feroces, salían y entraban llevando trozos de hojas.

—¡Aguas! Éstas pican bien culero —previno a su hermano.

El sol quemaba y la panza comenzaba a arderles por el hambre. Ya estaban cerca de casa. Querían llegar y comerse una tortilla con sal, sacar agua del pozo para quitarse el sabor salado y luego ver la tele. En ocasiones soñaban con tener algunas cosas como las que veían en la pantalla. Roberto quería ser jugador de la selección nacional. Jesús quería ser piloto de avión, pero desde que supo lo de su papá ya no decía nada, sólo callaba. Tenía otro sueño: cruzar la frontera para encontrarse con su padre, preguntarle por qué no había llamado, cuándo iba a volver, conocer esos edificios tan altos que tocaban las nubes.

Roberto iba unos pasos adelante y pateaba las piedras que se encontraba en el camino. Jesús miraba las huellas que dejaba su hermano sobre la tierra. Entonces Roberto lo tomó de la mano. En el hueco, que llevaba a la calle donde vivían, aparecieron dos perros enormes.

—¡Son los perros del señor de la esquina! —gritó Roberto, asustado.

Jesús tomó a su hermano del hombro. Aquellos perros pertenecían a un señor que apodaban el Maiki. El hombre siempre vestía ropa deportiva y cargaba una cadena de oro. Cuando estaba borracho sacaba la pistola y echaba disparos al aire. Era igual de temido que sus mascotas, que ya habían matado a varios perros de la cuadra. Inútiles habían sido las protestas de los vecinos diciendo que alguna vez esos animales morderían a una persona. El dueño contestaba a cualquier reclamo con una sonrisa en la que enseñaba los filetes de oro incrustados entre sus dientes y, luego, dejaba visible la pistola metida en el pantalón. La policía del pueblo no se atrevía a molestarlo. Se decía que era primo de un policía judicial, otros decían que era narco.

—Corre hacia el guaje y trépate —le ordenó a Roberto, quien estaba por llorar—. No llores, carnalito, yo te protejo.

Comenzó a tomar piedras con las manos. Esperaba que los animales desaparecieran y aquello fuera sólo un susto. *Mañana enveneno a esos pinches perros*, pensó. Los dos animales no le quitaban los ojos de encima, como si esperaran oler el temor para lanzarse contra ellos.

—¡Anda, pinche Roberto, corre! —gritó a su hermano para que se apurara a ponerse a salvo.

Roberto corrió tan rápido como si debiera alcanzar un pase de balón. Los perros avanzaron hacia ellos. No ladraban. Rugían. Jesús cogió una piedra y dio pequeños saltos en el mismo lugar, como si fuera un boxeador que se prepara para soltar un golpe.

—¡Van a ver, jijos de la chingada! —gritó.

Tenía miedo, pero no podía dejarse vencer. Preparó el brazo para lanzar. Los animales estaban como a veinticinco metros de él. Lanzó la piedra con todas sus fuerzas. Su dirección fue recta. Pero falló. La piedra cayó cerca de las patas del perro negro. De inmediato preparó otra piedra en la mano derecha. Tensó el brazo. Sentía el corazón golpeándole la cabeza y por un instante se sintió ligero y fuerte. Los perros se acercaban tan rápido como podría hacerlo una pedrada suya. Hizo el segundo intento. Esta vez la piedra era más grande. Esperó. *Un poco más cerca,* pensó. Tenía que ser rápido y certero. Apuntó y estiró el brazo con toda su fuerza, con toda la furia que sentía, con todas las ganas que tenía de cruzar al otro lado para reunirse con su padre.

El perro blanco aulló y luego cayó pesadamente al piso. Se levantó una nube de polvo. La piedra le había pegado justo en la pata izquierda. El otro perro, el negro, no hizo caso del blanco. Siguió su carrera hacia Jesús como si fuera un demonio que ansiaba devorarlo. Jesús sintió el sudor en las manos. Cogió otra piedra. Tensó otra vez el brazo y luego lanzó. Vio salir la roca expulsada de su mano y golpear en el hocico al animal. El perro lanzó un corto aullido y se detuvo, como si el golpe lo hubiera mareado. Comenzó a escurrirle sangre del hocico. Jesús sonrió. Pero no esperó mucho. De inmediato cargó el brazo con otra piedra. «¡Te voy a matar, pinche perro!», gritó. El negro sacudía su hocico de un lado a otro y estornudaba. Lo miró. Jesús lanzó la piedra y golpeó al animal en las costillas.

Jesús quedó a la expectativa. Mecánicamente se quiso pasar otra roca de la mano izquierda a la derecha. Sintió el vacío del aire y se dio cuenta que ya no tenía ninguna. Buscó rápidamente en el suelo, entre los matorrales cercanos. No encontró nada. Miró de nuevo hacia las fieras. El perro blanco, tambaleante, se había levantado y aún con la pata lastimada trataba de correr hacia él, con la furia saliendo de su hocico en forma de espuma. Jesús se echó a correr hacia el árbol de guaje. Pero las piernas le pesaban como si sus zapatos fueran dos enormes rocas negras. A unos veinte metros de él, Roberto, encaramado en una rama, le gritaba. Sin embargo, Jesús no podía escucharlo. Sólo leía en sus labios que corriera. Era como si la fuerza lo hubiera abandonado y él ya no fuera Hulk, sino sólo Jesús, el —Chuy con el tono amoroso que su madre le dirigía al momento de despertarlo cada madrugada.

Dirigió la vista hacia atrás. Sacaba una distancia como de diez metros al perro blanco. El animal parecía una máquina que deseaba exterminarlo. Jesús comenzó a sentir su boca tan seca que ya no podía tragar saliva. Recordó el sueño de cruzar la frontera, agachándose en el suelo polvoriento y seco como el que iba sintiendo en ese momento para esconderse de la migra. El sueño era tan vívido. Hasta podía sentir el sabor de la tierra en la boca, entrando en sus ojos, la tierra cubriéndolo todo.

Agazapado entre los matorrales, esperaba la hora de cruzar. Al momento, una voz le dijo que se levantara. No sabía de dónde provenía. Quiso seguir a la voz, pero algo lo sujetaba al piso. Intentó levantarse y se dio cuenta que era de día. Se volteó a ver la pierna. Entonces sintió como si mil hormigas excavaran en su carne. El perro blanco le había alcanzado la pierna. Sentía los dientes sumiéndose en su tejido, llegar al hueso y triturarlo como un trozo de madera. Con el puño cerrado le dio un golpe en los ojos al perro que sólo hizo que apretara más. Gritó de dolor. Se volteó hacia el guaje donde estaba su hermano. Vio a Roberto llorar y estirando la mano desde la rama. Pero aún estaba lejos de él. «No bajes, no bajes», le alcanzó a decir antes de que el pelaje negro apareciera y un hocico se abriera frente a sus ojos. Colmillos blancos y la carne roja y oscura. Volvió a verse a punto de cruzar. Se había librado de los perros. Era de noche y corría en el desierto, corría hacia las luces de los edificios que tocan las nubes y donde lo esperaba su padre.

Al terminar de escribir, llegué a una especie de tranquilidad ilusoria que se iba a disolver con la próxima muerte que me revolvería el estómago. Volví a leer el texto. Comprobé, con frustración, que había escrito un relato que adulteraba los hechos con introspecciones y que formalmente no era una crónica.

Miré el reloj: cinco cuarenta y cinco de la tarde. Pronto sería la cita con Rafael Velázquez. Observé a Marino Muñoz durmiendo la siesta con el periódico sobre la cara. Seguramente mi jefe revisaría el texto y diría que aquello no gustaba a los lectores de *La Noche*. Ni modo, pensé, mañana rehago la nota. Ya me veía usando las clásicas frases tremendistas del gremio: «Dantesca escena», «diabólicos animales», «futuro cortado a dentelladas».

Salí de la sala de redacción. El aire de la calle borró de mi mente la escena del niño muerto por los perros de pelea; su cadáver empolvado y sangrante, los gritos de su madre abrazando al hermano pequeño que había logrado sobrevivir. Sólo perduró en el recuerdo la mirada del dueño de los animales: era el rostro corrupto de México, ése que estaba seguro de que nada lo pondría preso.

Me adentré en las sombras del Zócalo. Comencé a pensar en el robo de las pinturas. Resultaba difícil creer que existiera en Oaxaca una banda dedicada al robo de arte. Si resultaba cierto, la noticia sería un terremoto. Caí en un hecho: la necesidad de escribir la muerte del niño me había quitado tiempo para mirar con atención las fotos que había mandado a revelar. Le resté importancia al asunto. Muy pronto Rafael Velázquez podría confirmar si alguna pintura era la original. El radar entonces comenzó a percibir una señal débil. ¿Por qué el Genio López había dejado ese recado en la computadora? Subí la calle de Alcalá haciéndome esa pregunta.

En el parque Labastida encontré a Velázquez sentado en la banca donde siempre se ponía a pintar. A esa hora, la obra en caballetes de otros pintores se mostraba alrededor de una fuente de cantera inservible desde hacía mucho tiempo. Un par de pintores jóvenes fumaban un cigarro de marihuana. No era algo que me molestara. Siempre he estado a favor de la legalización de las drogas. Es un problema del alma, no judicial, como dijera el maestro Sábato. Yo mismo fumaba de vez en cuando un canuto de María.

—Maestro, aquí están las pruebas que nos harán famosos.

—Siéntate —dijo y apartó de la banca su paleta y algunos cuadros pequeños—. Enséñame las fotos.

Abrí la mochila y le entregué las imágenes. El apretón de su mano en mi brazo fue inmediato.

—¡Puta madre! —gritó de tal manera que una pareja de novios sentada frente a nosotros interrumpió su escarceo amoroso—. Es la pintura, Carrizo. Es la puta y rechingada pintura hija de su puta madre que la parió. Sabía que ese cabrón de Bárcena tenía que ver con el robo. Es un canalla igual que todos. Vamos a la policía inmediatamente.

—Maestro —le dije tratando de calmar su entusiasmo—. Si somos indiscretos no vamos a llegar ni a la esquina y haremos el ridículo y últimamente no me gusta mi traje de payaso. Primero me gustaría saber en qué se basa para saber que es la pintura original y no la copia que usted hizo.

Rafael Velázquez redujo las revoluciones de su arrebato.

—Tienes razón, muchacho —dijo. Miró hacia ambos lados como si se cuidara de que alguien nos vigilara, guardó su material pictórico dentro de una gran bolsa de lona y se colocó bajo el brazo algunos cuadros en venta—. Aquí hay muchas orejas. Trae por favor esos dos caballetes. Yo ahorita vengo por las otras pinturas. Sígueme.

Atravesó la calle de Abasolo y caminó hacia el portón de una casa verde. A la entrada, debajo de un grafiti, se leía en una placa metálica Fundación Bustamante. Seguí a Velázquez hacia el interior de la vieja casona que funcionaba desde hacía varios años como centro cultural.

Velázquez cruzó el patio que decoraba una pequeña fuente. El patio estaba rodeado por un corredor con columnas de cantera. Una señora de gruesos lentes, delgada, casi escondida atrás de una mesa, parecía ser la encargada del lugar. En las ventanas, a manera de escaparate, estaban varios objetos prehispánicos. Velázquez continuó hacia un pasillo que conducía a lo que en otro tiempo fue el segundo patio, ahora destruido, rebanado y acondicionado para hacer espacio a los sanitarios. Al fondo había una pequeña bodega que varios pintores del parque rentaban para almacenar su obra y herramientas.

—Voy por los cuadros que se quedaron en el parque. Espérame ahí en la sala de lectura —señaló una puerta del primer patio cuyas ventanas daban hacia la calle—.

Antes de salir, se dirigió hacia la encargada. Parecía que fue a pedir permiso, porque inmediatamente volteó y me hizo señas de que lo esperara. Iba a encender un cigarro, cuando la mujer me lo impidió.

—Es un centro cultural, no una cantina —dijo.

Entré a la sala de lectura. La luz de la tarde iluminaba lo suficiente para reconocer las paredes decoradas con cuadros. Supuse que los autores eran los artistas del parque. En una esquina, un librero con vidrios y cerrojo guardaba libros antiguos. Me senté a esperar.

Diez minutos después estudiábamos las fotos.

—Mira debajo de la mano derecha de la virgen, en los pliegues de la ropa del niño. En la original están muy bien marcados los dos pliegues que hacen las manos al ceñir la tela. En el mío, para dejar constancia de que se trataba de una copia, y como una firma, hice más corto el pliegue. ¿Lo notas?

Comparé cada una de las fotos.

—Pues si usted lo dice. ¿Está seguro que son el original y la copia?

—Sin duda —contestó Velázquez. Su rostro había adquirido una emoción de niño que resultaba contagiosa al ver su barba blanca y las venillas rojizas enraizadas a las aletas de su nariz.

—Entonces debemos planear cómo daremos a conocer nuestro hallazgo. El instinto me dice que debemos andar con cuidado. No vaya a ser que nos callen —dije.

—Esto va a ser una bomba, Carrizo. ¿Te imaginas? Pintor y periodista se vuelven investigadores privados. ¡Qué noticia! Los verdaderos enterradores de Joaquín Bárcena —rió Velázquez.

—Déjele en investigadores privados, eso de enterrar no me gusta nada.

—¿Cuándo damos la noticia? —preguntó Velázquez.

—La cuestión es que *La Noche* se publica cada semana. Esperemos al sábado para escribir el reportaje e ir a la policía, ¿le parece? Así investigamos un poco más sobre el robo.

Rafael Velázquez se revolvió en su asiento mostrando un gesto de incomodidad.

—Oye, Carrizo. Disculpa, tengo que ir al baño. Ya sabes, la emoción y la edad trabajan contra uno —dijo y se levantó con dirección a los sanitarios.

Lo vi alejarse. A su regreso le diría que no podíamos permitirnos ninguna fuga de información. Lo decía por ambos. Festejar en la cantina antes de tiempo nos haría perder la historia.

Pasaron varios minutos. Centré mi atención en las fotos. Pasé una a una hasta que llegué a la foto donde aparecía el recado que encontré en la mano de Bárcena. Era la misma que había atraído la atención del Genio López. Acerqué la vista. La letra era recta y alargada, violenta, como si fuera la lectura de un encefalograma: *Cotelachi. Hoy es un año.*

Saqué la libreta de la mochila y anoté la primera palabra. ¿Qué significaba? Me resultó extraño que el historiador, antes de morir, escribiera un recado. En ese momento tuve la sensación de que alguien me observaba. Era la bibliotecaria y estaba en la puerta.

—Es hora de cerrar —dijo.

Miré el reloj. Velázquez estaba tardando en regresar del baño. La mujer empezó a cerrar la puerta. Guardé todo en la mochila y salí de la sala de lectura.

Esperé dos minutos más. Me acerqué al pasillo que llevaba a los sanitarios. Desde ahí llamé a Velázquez. No hubo respuesta. Caminé hacia la puerta del baño de hombres.

—¡Maestro, apúrese!

La puerta estaba cerrada. Toqué y nada. Moví la manija. No tenía seguro por dentro. Empujé la puerta. Encontré a Velázquez tirado boca abajo. Por un momento me quedé pasmado. Luego recobré el movimiento y me lancé hacia su cuerpo. Le di vuelta y, al momento de tocarlo y ver su cara, supe que estaba muerto. La bibliotecaria, sin saber lo que pasaba, llamó por teléfono a una ambulancia.

Observé el cuerpo de Velázquez. «Carajo, maestro, cómo se le ocurrió morirse ahora que íbamos a ser famosos», le dije. Un papel de cuaderno debajo del lavabo atrajo mi atención. Me acerqué a recogerlo. Tenía escrito un recado que me dejó frío: *Cotelachi. Hoy es un año hijo de la chingada y hoy te mueres.* La letra era la misma que escribió el recado que encontré en la mano de Bárcena. La coincidencia no me gustó nada. Menos el tono de hijo de la chingada. Guardé el papel en mi cartera y salí del baño al escuchar el sonido de la patrulla. Aunque era mi amigo, debía trabajar. Saqué la cámara y la libreta. Dudé en tomarle fotos. Si no era yo, alguien más lo haría. Él hubiera estado de acuerdo en ver el *flash*. Murió como las escenas de olvido y tristeza que pintaba.

Más tarde la patrulla atrajo también a todos los reporteros de nota roja. El primero en aparecer fue el Diablo. Las botas norteñas y la camisa estampada, la cadena de oro y los lentes oscuros que intentaban combinar con el bigote negro cuervo lo hacían parecer un temible narcojudicial. Luego apareció Yoni Peralta vestido como si hubiera salido de una discoteca. No faltaron los mirones que empezaron a llenar el pasillo de la Fundación Bustamante. Sólo faltó el vino para que pareciera la inauguración de una exposición de arte.

—Dicen que Velázquez estaba contigo. Habrá que entrevistarte —soltó el Diablo.

—Se me hace que fue pelea de amantes. Carajo, esto tiene historia —apuntó Yoni Peralta intercambiando miradas de burla con el Diablo—. Ya veo el encabezado: «Murió en la última pincelada».

Tuve que aguantar la burla, esa risa con la que sacábamos la tensión que nos quebraba el alma.

—Por favor, cabrones, era mi amigo. Un poco de respeto.

Me alejé de ellos y fui hacia el licenciado Chalío Mendieta, Ministerio Público adscrito al Centro de la ciudad y reconocido visitante de los prostíbulos de la calle Zaragoza. La barriga de bebedor parecía pesarle y atraerlo hacia el suelo. Más que respirar, el licenciado bufaba mientras dictaba a su secretario la posición en que había quedado el pintor.

—Escriba: Decúbito dorsal… con los brazos extendidos…

Interrumpió el dictado al verme.

—Amigo Carrizo. Oiga, no se vaya a ir, por favor. Necesito que me dé su declaración. Ya sabe, puro papeleo. Aunque a todas luces esto fue muerte natural. ¿No cree?

—Claro, licenciado. Estaba haciéndole la entrevista de su vida al maestro cuando se fue al baño y no volvió. Ahí está la encargada de testigo.

Por un instante pensé en decirle que sabíamos el paradero de un cuadro robado. Pero el recado y la muerte súbita del maestro apestaban a gato encerrado. Necesitaba salir de ahí.

Finalmente, me quedé hasta que vi que subieron el cuerpo de Velázquez a una vieja camioneta que la Procuraduría del Estado había acondicionado para trasladar cadáveres. La necropsia de ley se le realizaría en esa pocilga hedionda que insistían en llamar anfiteatro.

Salí de la Fundación Bustamante después de darle mi declaración al secretario de Mendieta.

—¿Cuál era su relación con el difunto? —preguntó el secretario, un muchacho con las mejillas marcadas de acné y que continuamente se acariciaba el cabello cortado como cepillo.

—Éramos amigos.

—¿Sabe dónde vivía?

—Sé que por el barrio del Polvo, pero nada más.

—¿Conoce a su familia?

—Interesante pregunta, amigo. No la conozco. Creo que era soltero, salvo cuando se iba de putas.

El secretario esbozó una sonrisa de complicidad.

—Es todo. En caso de que necesitemos de su presencia, digo, si su familia no se presenta, ¿podría asistir a reconocer legalmente el cadáver?

—Aquí tiene mi tarjeta. Avíseme —le respondí.

La noche había caído sobre la ciudad y el parque Labastida empezaba a ser refugio de parejas adolescentes que se manoseaban entre las sombras. Encendí un cigarro y comencé a bajar Alcalá con dirección al Zócalo.

NUEVE

Cuando llegué a la sala de redacción Marino Muñoz tomaba café y revisaba con atención algunas hojas escritas. Eran casi las nueve de la noche.

—No es precisamente la crónica que esperaba, pero me gusta —dijo soltando sobre el escritorio el fajo de hojas en que se había convertido la historia de esos dos hermanos.

Me senté en una de las sillas de metal con vestiduras rotas que había para recibir a los clientes. No tardó en verme abatido.

—¿Qué chingaos te pasa?

—¿Se acuerda de Rafael Velázquez, el pintor?

Estaba seguro que Marino Muñoz lo recordaba. Meses atrás, cierto sábado que terminamos temprano el trabajo, el jefe me invitó a una cantina que estaba frente a las carnicerías del mercado. Ahí encontramos a Velázquez acompañado de otros pintores y con quien bebimos hasta que casi quedé tirado sobre la mesa. Luego supe que Muñoz y el pintor siguieron de fiesta con dos prostitutas gordas que les trasquilaron la billetera en el hotel de junto.

—Claro que me acuerdo, carajo. ¡Cómo no me voy a acordar! Al día siguiente de nuestra borrachera, el temor de haber contraído un chancro me hizo olvidar la cruda. ¿Y qué sucede con ese cabrón melenudo? Deberías decirle que los hombres a su edad y con greña se ven ridículos.

—Está muerto.

Marino Muñoz se llevó la mano derecha a la frente y comenzó a girar su asiento hacia un lado y otro.

—Era un cabrón a toda madre —contestó enarcando las cejas—. ¿Tomaste fotos? Entenderé si no quieres hacer la nota.

—Tomé las fotos necesarias, pero no creo que interese. No hay sangre. Fue muerte natural, igual a la de Bárcena.

Muñoz me observó. Aunque tenía la cabeza apoyada sobre su puño, de manera que le tapaba un poco la boca, se notaba que mi respuesta le daba gracia.

—Bueno, era compa así que únicamente publicaremos una esquela y su semblanza, ¿te parece?

Encendió un cigarro y se echó hacia atrás en el sillón giratorio.

—No es mala idea.

—Entonces ponte a escribir la semblanza y ya quítate esa cara que la vida sigue, coño.

Encendí un cigarro. El humo comenzó a elevarse.

—Eso lo sé, jefe. Ni que se hubiera muerto mi padre. El viernes la dejaré en su mesa.

—Pues dicho esto, ahora a lo que nos interesa. ¿Has recibido reporte de algún crimen?

—Negativo, jefe. Los lunes siempre son de tragos ligeros, estar con la familia y atender la chamba. Estaré pendiente si se presenta algo.

—Antes de que se me olvide —dijo—. Habló el Genio López. Le urge que te comuniques con él. Aquí está su número —indicó Muñoz, sacando del bolsillo de su camisa el papel con el teléfono de López.

—Gracias, jefe. Al rato le llamo.

Mientras me preparaba un café comentamos un poco sobre la historia de los niños y los perros.

—La niñez de los pobres en la ciudad es un terreno baldío o un callejón, Carrizo. El mío, allá en la Sierra, fue un bosque con senderos que cuando crecí vi que no llevaban a ninguna parte. Sin educación, nada es posible. No debería existir un solo niño sin escuela —reflexionaba Marino Muñoz.

—Ni tampoco debería existir un solo político sin conciencia social, jefe…

En ese momento sonó mi teléfono. Era un mensaje de Donají: *Hola. Hoy fue un día pesado en el trabajo. Estoy en casa y hace frío. ¿Vienes?*

Le dije a Muñoz que tenía otro compromiso. Si se presentaba algo, estaría en el celular.

DIEZ

DONAJÍ ME RECIBIÓ ENFUNDADA en una bata color vino. Al tiempo que ella me echaba los brazos al cuello salió la obesa dueña del departamento siguiente. La mujer parecía haberse levantado de la cama. Llevaba puesto un vestido de una pieza que se le pegaba al cuerpo. Dejaba entrever una piel celulítica. Donají me jaló hacia su departamento y cerró inmediatamente la puerta.

Intuyó que algo me pasaba.

—¿Quieres contármelo?

—Después —dije.

Comencé a besar su cuello. Ella me tomó del cabello con sus manos y me atrajo hacia su boca. Nos fuimos hacia su cuarto y despacio comenzamos a caer en la cama. Donají, encima de mí, comenzó a quitarse el lazo de la bata. Repentinamente la prenda se abrió liberando dos senos de areolas oscuras. Los pezones erectos y suaves, casi negros. El vientre se dibujaba plano hasta su ombligo. Entonces se formaba una ligera curva que terminaba en un pubis recién podado. Movía hacia delante y atrás sus caderas, frotando su sexo contra mi pantalón. Me quité la camisa. Aquel movimiento hizo que la bata cayera, dejándola desnuda. Ella desabotonó y bajó el cierre de mi pantalón. Su mano delgada entró por la bragueta como si Donají fuera una maga buscando extraer el truco del sombrero. La vi echarse hacia abajo y sacar mi pene con una delicadeza apresurada. Mirándome a los ojos, lo introdujo lentamente en su boca. Sentí su lengua recorriendo la piel de mi glande, succionándolo a veces con fuerza, otras apenas me tocaba con los labios. Yo me dediqué a contemplarla. Iba sintiendo que la explosión estaba cerca. Busqué sus pies. Al poco tiempo, tenía el olor de su sexo en mi cara mientras ella seguía con mi pene. La posición iba acrecentando las ganas de terminar. Pero ella se detuvo justo cuando sintió el anuncio del fin. Sentía un ligero golpe en el casco del guerrero que me descontroló y casi me hace saltar de la cama. Al verla, descubrí su sonrisa pícara negándome el paraíso. Fui hacia su boca y comencé a besarla. Me quité las botas y sacudí las piernas para liberarme del pantalón. Ella abrió sus piernas, tomó al guerrero y lo introdujo suavemente en su interior. Sus manos acariciaron mis nalgas, atrayéndome hacia ella. Yo succioné a intervalos sus pezones. Después pasé cada uno de mis brazos bajo sus piernas, de manera que cuando estuvimos en los movimientos más rápidos, casi a punto de terminar, los dedos de sus pies me rozaban los hombros y sus uñas se clavaban en mi espalda.

Donají detestaba el humo del cigarro en la cama. Debí abstenerme de disfrutar de mi vicio después de hacer el amor. Ella se levantó y, desnuda, fue a la cocina a servir dos copas de vino. Yo me quedé viendo el movimiento de su cuerpo;

su espalda apenas develada por su larga cabellera; las dos líneas que decoraban el inicio de su hermoso culo. ¿Cuánto tiempo llevábamos juntos? ¿Qué éramos? Jamás habíamos hablado de compromiso ni había sido nuestro interés. Según sus palabras, sólo éramos «dos personas que se quieren». El término me parecía tan amplio como abstracto. Pero así funcionábamos.

Volvió justo cuando me preguntaba si debía reservar mesa en algún restaurante para pedirle que fuera mi novia.

—Ahora me vas a contar qué te pasa —dijo tendiéndome la copa de vino.

Me tomó casi una hora contarle los dos hechos que me habían sacudido ese día. Donají me escuchó con atención. Sólo interrumpió mi relato para pedirme algunos detalles.

—Lo de los niños es angustiante. Saber que murieron por la estupidez de ese hombre. ¿Y al menos detuvieron al dueño de los perros?

—Los animales fueron llevados a sacrificar y al tipo lo arrestaron un rato después. Se resistió como si realmente fuera una víctima. El Ministerio Público dijo que lo iba a acusar por homicidio culposo. Algo difícil de probar.

Luego le conté la muerte de Velázquez.

—¿Dices que el cuadro estaba en la casa de Bárcena? —preguntó.

—Sí, murió en su biblioteca de un infarto.

—¡Qué coincidencia! Esta tarde me tocó cubrir su sepelio. Toda la *socialité* de Oaxaca asistió al entierro en el Panteón General. Yo fui porque el dueño del periódico me lo ordenó.

El radar me envió señales. No sabía de qué se trataba, pero estaba seguro que algo encontraría en la información de Donají.

—¿Podrías darme una copia de las fotos del entierro?

Donají me miró buscando los motivos de mi petición. Podía ser la editora de sociales de un periódico pequeño, pero seguía siendo una reportera con olfato para la noticia.

—Mañana te las envío a tu mail —dijo.

—Ah, y otro favor. ¿Podrías investigar la vida social de Bárcena? Es decir, lo que se conoce de él y su familia.

—¿Y eso?

—Sólo curiosidad.

—Me costará una dosis de café y adulación con algunos contactos, pero puedo investigarlo.

La besé. De pronto me distrajo el timbre del teléfono celular. Lo había dejado en la bolsa del pantalón. Donají me impidió contestar.

—Ya tuviste suficiente muerte por hoy, ¿no crees?

El teléfono timbró una veces más y luego paró.

ONCE

A LAS OCHO DE LA MAÑANA Donají se levantó a preparar el desayuno. Mientras ella cocinaba unos huevos revueltos con jamón, yo revisé mi teléfono. Tenía una llamada perdida de un número desconocido. Llamé. Nadie contestó.

Me vestí y luego me dediqué a gozar del momento que vivía. Una de las cosas que más disfrutaba era amanecer con Donají antes de ir al trabajo.

Llegué al departamento cuando doña Simona barría la banqueta del zaguán con más convicción que eficiencia. Al verme, me di cuenta que estaba molesta conmigo.

—Oiga, ayer vino un tipo a buscarlo varias veces en la noche. Estuvo toque y toque el timbre hasta que le abrí la puerta. La última vez que vino era casi medianoche —dijo la anciana con enfado—. Le voy a pedir que si invita a sus amigos les diga que vengan en horas convenientes.

—Siento la molestia, doña Simona, pero déjeme decirle que yo no invité a nadie. Acabo de llegar.

—Ya… estoy vieja pero no ciega. Sólo dígales que no vengan tan tarde, por favor. De todos los inquilinos, es a usté a quien sólo vienen a ver tan tarde.

—Lo haré. ¿Y al menos le dijo mi amistad cómo se llamaba?

Los ojos de la viejecilla me mandaron un insulto. Después se quedó pensativa, viendo su escoba.

—No me lo dijo. Sólo que luego lo buscaría y se fue.

Era innecesario preguntar por más señas de la visita. Iban a dar las nueve de la mañana y quería bañarme antes de salir a trabajar.

Quince minutos después estaba bajo la regadera. El agua caliente y luego el cambio a fría me ayudó a ver con otra perspectiva el caso de la pintura así como los recados que encontré junto a Bárcena y Velázquez. Sin duda ambas muertes estaban conectadas. Pensé que primero iría a la sala de redacción para investigar algo sobre el robo de la pintura. Debería de existir algún registro en Internet. Luego buscaría algún diccionario o alguien que me explicara el significado de *cotelachi*.

Camino a la sala de redacción el celular comenzó a vibrar. Detuve la moto.

La pantalla del teléfono mostró el número de Carlos Caballero, policía municipal de la ciudad de Oaxaca. Era un joven comprometido con la honestidad, a quien conocí por la madriza que propinaron unos travestis a cierto doctor que profesaba simpatía por otro grupo de travestis. Bastará decir que ambos grupos se disputaban la clientela en la carretera Panamericana, a la altura de Las Canteras de Ixcotel. El doctor perdió un diente, quedó sangrante y su fotografía salió en *La Noche*. Carlos Caballero estaba entre los policías que atendieron el llamado de ayuda. Yo me enteré por un contacto de Marino Muñoz en el número para emergencias: 066.

En el lugar del incidente, la escena era jocosa. Tres policías intentaban detener a la jauría de travestis mientras salían volando zapatillas y pelucas. Caballero protegía al doctor de un travesti que rebasaba su estatura en mucho. La foto que tomé le valió a Caballero un reconocimiento por un colectivo de homosexulaes y lesbianas de Oaxaca, el cual tuvo que aceptar por orden de sus superiores y que le valió ser ascendido a jefe de patrulla y a convertirse durante unas semanas en la burla de la corporación.

—Buenos días, Procurador —dije.

Caballero rió al otro lado de la línea.

—Aquí, Carrizo, como siempre, cuidando a los ciudadanos de ellos mismos. Tengo chamba pa' ti.

—Soy todo oídos.

—Un pendejo ingresó a la preescolar Margarita Maza dizque a robar. La onda está en Amapolas 215. Apúrale si quieres llegar antes que lo trepemos a la patrulla.

—Ya rugió, comandante. Gracias —colgué.

DOCE

EL TRABAJO DIGNIFICA AL HOMBRE, se dijo Benito Paredes a eso de las seis de la mañana, cuando subía al destartalado camión Tusug ruta colonia Guardado-Central de Abasto. Eligió uno de los últimos asientos y colocó bajo sus pies la bolsa de herramientas. La cita era a las ocho de la mañana en la calle de Jazmín 237 de la colonia Reforma. Arreglaría la conexión de gas en la cocina de una preescolar. *Chale, ni eso pueden hacer los pinches maestros,* pensó cuando la mujer que llamó por teléfono le dijo que era urgente que se arreglara la fuga antes del desayuno de los nenes. Ésa fue la palabra que utilizó: nenes. *Ni siquiera preguntó el precio,* recordó. Mejor, podría cobrar de más. La idea le produjo disgustarse consigo mismo, como si se hubiera convertido en el deshonesto que siempre había rehuido ser. Luego reflexionó: *Lo justo a veces es más de lo que uno quiere.* Tan, tan.

Miró su reloj Casio electrónico pirata: seis veinticinco de la mañana. En las calles terregosas de la colonia seguía lamiendo la oscuridad: uno que otro borrachín acurrucado junto a un poste de luz como única compañía, una puta caminando de regreso a casa con el vestido estridente y el rímel corrido. Parte de los habitantes de la colonia, habitantes de ese paisaje amorfo al lado de la carretera, hecho de casas de cartón y lámina que tenían un terreno a cambio de su voto por el candidato más imbécil; paracaidistas, mote que les daba la prensa, un título que sonaba chingón y a la vez triste, pensó alguna vez Benito Paredes: *Los paracaidistas bajan del cielo, pero siempre miran pa' bajo, pa' la tierra, y si se quiere voltear pa' rriba, la capucha del paracaídas tapa el cielo.*

El chofer del camión, un gordo que fumaba furiosamente, tenía levantada la playera del Atlante hasta el límite donde la barriga y el pecho son partidos por una línea. Comenzaron a subir varios niños y adolescentes de zapatos polvorientos y rostros morenos, sirvientas que olían a crema y perfume barato, obreros con sólo café y pan en el estómago y uno que otro policía, impecablemente uniformado, con más ganas de dormir que de hacer cumplir la ley.

A las seis treinta y cinco la vieja maquinaria con ruedas inició el descenso a la carretera, dando saltos a cada rato por la calle sinuosa que cumplía dos años que el gobernador la había prometido pavimentar.

Cuarenta minutos después, Benito Paredes bajó en el entronque de Avenida Universidad. Esperó sentado sobre su bolsa de herramientas la llegada del camión que llevaba a la colonia Reforma.

A las siete y cuarto ya habían pasado tres cacharros con rutas diferentes. Parecía un mal sueño, como si todos los choferes que van a Reforma se hubieran quedado dormidos. En la parada la gente comenzó a juntarse; algunas personas obsesivamente comenzaron a mirar el reloj o a sacar el celular. Una viejita mostró signos de cansancio. Benito Paredes se preocupó. Si no era puntual podría perder el trabajo y hacerse fama de irresponsable entre los clientes. *La promoción de boca en boca es la mejor y también la que hace más daño,* pensó.

El trabajo de la escuela había llegado por unos folletos que mandó a hacer en la imprenta de un cliente que se los hizo en pago por el arreglo de una fuga de agua. Se arreglan toda clase de desperfectos: fontanería, electricidad y más. Atentido por su amigo benito paredes. Trabajos garantizados. tel. 044 95 1220 7548. La publicidad había funcionado. Con un ligero repunte del trabajo, bien podría pagar un anuncio en el periódico. Imaginó abrir su taller en el Centro de la ciudad y mudarse de una vez del horno de lámina donde vivía.

El proyecto de un futuro incierto se interrumpió cuando aparecieron frente a él dos piernas bien torneadas, con una cicatriz en forma de c justo debajo de la rótula izquierda. Los pies estaban envueltos en unas zapatillas blancas. Subió la mirada por el vestido blanco de bolitas rojas. Detuvo la inspección en el rostro rosáceo a base de una gruesa capa de maquillaje. Los labios parecían sangrar de tan rojos. Durante varios segundos el rostro de esa mujer lo hipnotizó. Estaba seguro, no había duda. Vio la nariz, el cabello ligeramente coloreado de líneas rubias y los grandes ojos castaños. Volvió a la cicatriz en forma de c. «Es Luchita Barahona», dijo en voz baja, aunque para cuando Benito Paredes terminó de pronunciar la última «a», su memoria se había saltado dieciséis años al patio de los recuerdos: era 1992 y Benito Paredes era un adolescente de catorce años que cursaba el segundo año en la Escuela Secundaria Federal, Moisés Sáenz Garza, donde aprendió el oficio que le daría sustento y descubrió el glorioso sentimiento del primer amor.

En ese entonces, Benito Paredes tenía un peinado de puercoespín, era flaco como la rama de un árbol tierno y tenía la cara minada de granos. Por otra parte, era el mejor alumno del taller de electricidad y el más aguerrido defensa en las retas de futbol que se jugaban en el receso. Sólo había un problema, el más grande, a su edad y consiguientes: las mujeres no le hacían caso. Los desplantes que sufrió de compañeras lo llevaron a refugiarse con tesón en las matemáticas, la física y la electricidad. Un maestro le dijo: «Échale ganas y tendrás el futuro asegurado».

Pero resultó que el futuro es incierto como la vuelta de una esquina donde espera un asaltante, incierto como el chofer del autobús que en el verano de ese año atropelló al padre de Benito cuando iba en bicicleta, incierto como no saber que al final del ciclo escolar abandonaría la escuela para ayudar a su madre con los gastos, incierto como para dejar el estudio en los sueños.

Tres días después de morir su padre, Benito Paredes tuvo la visión de un ángel en el momento más triste de su vida. Era una joven de piel rosada y falda por encima de la rodilla que le sonrió al verlo en el pasillo de la secundaria. Benito Paredes venció la timidez que se le pegaba al cuerpo como una camisa mojada y la saludó.

No llegó a ser amistad, pues la semana que Luchita Barahona permaneció en la secundaria era de prueba. Estaba recién llegada de Michoacán. Sus padres continuaban explorando las opciones educativas de Oaxaca. Sin embargo, esos cinco días bastaron para que Benito Paredes conociera la esperanza del enamorado. Sensación a la que siempre volvía como una droga que jamás se terminaba y que ahora, después de tantos años, de tantos descalabros, de tanta mala suerte, por fin la tenía otra vez frente a él.

Al aparecer el autobús con ruta a la colonia Volcanes, Luchita Barahona desapareció entre la marabunta de personas que querían subir. Perderla de súbito fue una visión cruel y dolorosa. Ansioso, comenzó a buscar el vestido blanco de bolitas rojas, el peinado rubio de bucles estáticos o los labios sangre. Sintió que si no la encontraba iba a enloquecer. Afortunadamente, el color le volvió a la piel cuando la vio entre los pasajeros que optaban por abrirse paso a base de lo que lenguas más entendidas podrían designar como chingadazos. Luchita sostenía su bolsa color crema colgada al hombro y empujaba con ahínco para subir al camión. Benito Paredes sonrió, pero la borró de inmediato cuando vio a un tipo muy sospechoso situado atrás de ella. Parecía estar bastante cerca de su cuerpo. Lo primero que vino a su mente fue que la estaba manoseando. La sangre se le encendió. Quiso mirar mejor y se acercó intrigado, como si quisiera asegurarse antes de ir contra el pervertido. Entonces vio al tipo rasgar la parte inferior del bolso de Luchita y colocar debajo una bolsa negra en la que comenzaron a caer sus efectos personales. Era la clásica cesárea en el argot de los carteristas. Lo increíble era que ninguna persona alrededor de Luchita se daba cuenta del robo. Ni siquiera ella. *¡Qué bruta!,* pensó. Todos estaban absorbidos en la idea de subir al autobús.

En ese momento sintió que algo se le clavaba en la espalda baja con la suficiente fuerza para no atravesarle la piel, pero la necesaria como para darle a entender que estaba mirando hacia el lado incorrecto. «¿Qué miras, pendejo?», fueron la palabras de la voz. Quiso mirar de reojo. Sólo alcanzó a ver que un brazo nervudo y flaco, con un tatuaje de sirena le apretaba el brazo. El aliento era el de un hombre que pasa el tiempo en una celda apachurrando cigarrillos. Luchita Barahona estaba siendo víctima de un aliviane y él no podía hacer nada. ¿Gritar? ¿Moverse? Si le daban una cuchillada sería algo fatídico. Benito ni siquiera tenía seguro social y terminar en el Hospital Civil era igual a la muerte. Tuvo que aguantar la escena, hasta que Luchita Barahona subió al autobús con una cara enorme de triunfo.

Al terminar su operación, el cirujano de bolsas corrió junto con el ayudante del tatuaje de sirena al otro lado de la carretera. El de la voz era un chaparro de cabello canoso y bigote, flaco. El cirujano de bolsas era un gordo de presencia invisible.

En el autobús ya no había asiento y le tocó ir parado. Se aferró al tubo frío, sintiéndose cobarde y humillado. Volteó en busca de Luchita Barahona. La descubrió al fondo, junto a la ventana, estaba sentada cerca de la puerta de descenso. Miraba hacia la calle.

En la siguiente parada, la gente comenzó a empujarlo hacia el lugar de Luchita. El chofer sólo decía: «Aváncenle pa' tras, por favor». En todo momento la tuvo en la mira. Peleaba entre sus recuerdos de secundaria y la amarga sensación de que no había podido impedir el robo. Concluyó tristemente para él que en ambas ocasiones había sido un cobarde. Aquel viernes a la salida de clases, cuando se despidieron, él se quedó con las palabras de amor metidas en la boca. Siempre se arrepentía de ello. Jamás imaginó que la volvería a ver. Y ahora, apenas unos minutos antes, había quedado petrificado por la voz del fumador y ese piquete de la navaja. Volvió a palpar esa costra de vergüenza. ¿Cuánto tiempo sería suficiente para olvidar? Fue entonces cuando sintió un delicioso calor, una fuerza igualita a la que debería de sentir un torero cuando se lanza al ruedo a enfrentar una bestia más grande que él. Por supuesto que la bestia no era Luchita Barahona, que ciertamente había cambiado con los años: estaba un poco gorda, pero seguía guardando su belleza esencial. No, la bestia era la cobardía, la vergüenza que se pegaba a su cuerpo como un reptil que nacía de su pecho y se enroscaba hasta asfixiarlo.

En la próxima parada, la gente lo empujó un poco más al fondo y quedó exactamente parado junto a Luchita Barahona. La emoción le trituró la mirada.

Luchita, por su parte, detectó que el hombre delgado y moreno que estaba a su lado, con cara de expresidiario, la observaba con atención. Aquellos ojos nerviosos la intimidaron. ¿Sería uno de esos lujuriosos que andaban por los camiones para tocar las nalgas de princesas como ella?

Benito Paredes se dio cuenta que Luchita lo había visto. Quiso sonreírle, pero tenía trabados los músculos faciales, más cuando ella se volteó y puso esa cara que uno pone cuando huele feo. *Qué pendejo soy,* pensó. Pero no se dejó vencer. Mejor comenzó a imaginar las palabras que le diría la próxima vez que sus miradas se cruzaran. *Hola, Luchita. ¿No te acuerdas de tu amigo de la secundaria? Soy Benito Paredes, ¿recuerdas?* Desechó la frase. Tenía que ser algo memorable. *Recuerdo desde la secundaria tu cicatriz. Soy Benito Paredes.* ¿En qué pensaba? Todo lo que se le ocurría era tan simple, tan chafa. Luchita Barahona pensaría que era un estúpido animal tratando de ligar.

Los minutos corrieron y el autobús empezó a aproximarse a la parada de la Volkswagen. Luchita no había vuelto a verlo. Era como si resistiera a encontrarse con la mirada de su viejo amigo de secundaria. Para ese entonces, Benito Paredes había pasado a imaginar que después del reencuentro iniciarían la amistad interrumpida, los cafés y las pláticas, un beso cierta noche en el parque y de ahí el noviazgo y el altar. Todo eso estaba tan cerca como él estaba de Luchita Barahona. Sólo era cuestión de hablarle.

La frenada del autobús lo expulsó de la fantasía con un fuerte golpe de la bolsa de herramientas contra su pierna. Aguantó el aullido de dolor, nada más por conservar el estilo frente a su amada, quien al fin volteó a verlo. Benito Paredes logró sonreír, pero ahora las palabras no salieron. Ella se volteó rápido, se levantó y se fue hacia la puerta de descenso. Benito disfrutó del rastro de perfume que dejó tras de sí. Era un aroma dulce y refinado. Entonces se dio cuenta que también ésa era su bajada. Descendió cinco personas atrás de Luchita decidido a hablarle.

En la calle buscó su figura y no la encontró. Pero luego la vio a unos veinte metros de distancia, caminando apresurada hacia la estación del ADO. La calle de Amapolas estaba a dos manzanas. ¡Él también debía caminar hacia allá!

Caminó tras de ella con la extraña sensación de que parecía un pervertido. Luego recapacitó: su cita de trabajo estaba en esa dirección. Era una coincidencia. Dudó en gritarle o alcanzarla y finalmente prefirió saborear la visión que tenía enfrente: el contoneo rápido de las nalgas de Luchita Barahona traspasando el vestido, como si a cada paso su carne fuera a desbordarse. Benito tuvo una erección y se vio obligado a caminar con dificultad.

En la esquina de Amapolas, Luchita Barahona dobló hacia el Norte. Iba con prisa, como si fuera a llegar tarde al trabajo.

Benito Paredes consultó su reloj Casio pirata: siete cincuenta y seis de la mañana. También él estaba por retrasarse.

Distinguió, a tres calles de distancia, la pared azul de la preescolar Margarita Maza de Juárez. Imprimió velocidad a su paso.
El peso de la bolsa de herramientas le impedía darle alcance
a Luchita, quien contoneaba las nalgas con tal fuerza que los
conductores de tres autos sonaron el claxon al pasar.

Se detuvo cuando la vio entrar por la puerta de la escuela.
¡No había duda! El destino los estaba uniendo. Él entró justo
después que la alarma de su reloj avisó las ocho de la mañana.

En la rejilla de la entrada, lo detuvo una gorda de aspecto
masculino. Era la encargada de seguridad. Benito se presentó
como el plomero que arreglaría la fuga de gas de la cocina. La
mujer lo miró de arriba abajo como si buscara cerciorarse de
que decía la verdad. Utilizó la radio que llevaba en la mano y
llamó a alguien. Preguntó si se había solicitado un fontanero.
«Sí, déjelo pasar, Alondrita», respondió otra mujer.

Benito aprovechó el descuido de la gorda para ver hacia
los salones. A través de los ventanales, pudo distinguir en uno
de ellos a Luchita al frente de unos niños. *Es maestra,* pensó.

Después de pasar con la directora, la gorda lo escoltó hacia
la cocina que se localizaba en un rincón de la escuela donde
una explosión de gas no podría lastimar a los pequeños. «El
problema está en los tanques», le dijo la gorda como si conociera del tema. Lo llevó a un oscuro pasillo entre la pared de
otra propiedad y el de la cocina. Le señaló los tanques de gas
y entonces lo dejó solo.

Benito Paredes vio que el problema de la conexión era
sencillo y decidió tardarse en hacer el trabajo. Eso le daría
tiempo para cobrar extra y, especialmente, esperar la oportunidad de hablar con Luchita Barahona. *¿Por qué se estaba
portando como un estudiante de secundaria?* La voz de su
conciencia, ese torero imaginario que deseaba enfrentarse a

la bestia, le dijo que al terminar el trabajo debería ir directo al salón donde estaba Luchita y presentarse. *Basta de ser un cobarde,* lo regañó la voz que se parecía mucho a la suya. Dándole la razón, Benito Paredes comenzó a sacar sus herramientas.

Diez minutos después había arreglado la conexión de gas. Salió del pasillo y fue a cerciorarse de que el mechero de la estufa funcionara correctamente.

En la puerta de la cocina se quedó paralizado por la visión que encontró: Luchita Barahona, agachada, daba las nalgas carnosas y turgentes. Parecía buscar algo bajo el fregadero. A Benito el pantalón otra vez le comenzó a apretar. La voz de su conciencia, ese torero que lo impulsaba a enfrentar sin prórroga a la bestia, le ordenó avanzar al centro de la cocina. Benito entró al ruedo con la boca desencajada, casi babeante, las manos abiertas y tensas y la vista clavada en esas nalgas carnosas que estúpidamente cubría el vestido blanco de bolitas. Entró no como el matador que se suponía debía ser, sino como un toro ansioso de clavar las astas en ese cuerpo que sacudía el capote en su nariz. «Ay mamacita, qué buenas estás», susurró Benito Paredes acariciando las caderas de su amor platónico de secundaria, mientras se arrimaba con frenesí.

Sus palabras sorprendieron al mismo Benito Paredes. No era él quien habló. Lo juraba. Lleno de pavor, se dio cuenta de que la voz de su conciencia era un torero frustrado y retorcido que lo llevó a rebajarse a ser una bestia incapaz de manejar sus instintos. Como si fuera una oración que le sacara esa alma del demonio, dijo al oído de Luchita Barahona: «El trabajo dignifica al hombre… El trabajo dignifica al hombre…», pero ya era tarde. Luchita Barahona se había desgañitado en un grito de película.

Benito Paredes recobró el dominio de su cuerpo y se apartó de Luchita inmediatamente. Alzó las manos asustado de sí mismo. «Disculpa, Luchita, perdóname, no sé lo que me pasó. Soy Benito Paredes, ¿me recuerdas? De la secundaria». Los ojos abiertos de la hermosa maestra precedieron un sartenazo a la mandíbula del fontanero. Lo agarró desprevenido. «Lo siento, lo siento. Soy Benito Paredes», alcanzó a decir aturdido por el golpe. Un sonido metálico en su cabeza le movió el piso como si estuviera en una balsa sobre el mar. Antes de caer noqueado, reconoció el pantalón negro y a punto de reventar de la guardia de la entrada. *Pinche gorda,* pensó.

A Luchita Barahona no le bastó ver al hombre desmayado. Se quitó la zapatilla blanca, la tomó como si se tratara de un puñal y la dejó caer con gran fuerza sobre los testículos de Benito. «Ahora sí, pinche calenturiento, vas a ver», gritó llena de ira Luchita Barahona al darle dos taconazos más.

Al despertar, Benito Paredes sintió un insoportable dolor en los testículos que se le clavó hasta el hígado. Quiso mover las manos y no pudo. Lo habían amarrado al tronco espinoso de un árbol de pochote, con el alambre de cobre que llevaba en su bolsa de herramientas. Dos niños lo miraban divertidos. «Desátenme, por favor. Esto es un malentendido. Soy una persona decente», imploró a la fila de profesoras que lo observaban con desprecio. En medio de ellas, protegida por la gorda asquerosa, Luchita Barahona le enviaba una mirada llena de odio.

«¡Córtenle los huevos!», incitó la gorda a las demás profesoras. Benito Paredes negó con la cabeza una y otra vez. Sus ojos rogaban misericordia.

Valiente, Luchita Barahona fue hacia él. Benito Paredes iba a explicarle quién era, cuando vio la cicatriz en la rodilla.

Ya no tenía forma de c, parecía una u. Benito lentamente fue dándose cuenta de lo que había hecho. La sirena de la patrulla anunció su salvación.

El ventilador amenazaba con desprenderse del techo a cada vuelta de las aspas. Era la una de la tarde y hacía un calor asfixiante dentro de la salas de redacción. Marino Muñoz dijo que saldría a tomar algo para refrescarse en el Bar Jardín. No me invitó. Tomé un vaso de agua fría del botellón y me volví a sentar en el escritorio. Había terminado de escribir la historia de la mañana. Me troné los dedos. Comencé a buscar en Internet notas sobre el robo de arte sacro en México. Encontrar la información fue fácil. Más de veinte páginas aparecieron en el buscador de Google. La mayoría eran reportajes o notas de periódicos nacionales. Pude concluir cinco puntos:

El robo de arte sacro en México es la segunda actividad delictiva que genera más ganancias, sólo después del narcotráfico.

En su mayoría, quienes compran arte sacro robado son narcotraficantes, empresarios y políticos que buscan adornar sus mansiones.

La sustracción de las piezas es fácil por la poca seguridad en las iglesias.

La mayoría de quienes roban las piezas o planean el robo conocen el valor artístico y monetario de la pieza.

En ocasiones, los párrocos son cómplices o autores de los robos.

Navegando un poco más en Internet, encontré en la página electrónica de la revista *Proceso,* una nota que llamó mi interés por su relación con Oaxaca. Puse hojas blancas en la impresora.

CRECE EL ROBO DE ARTE SACRO EN MÉXICO, señala la Interpol
por Pedro Matías
13 Marzo 2008

Oaxaca, Oax., 12 de marzo (APRO).- De los 199 casos de robos de arte sacro cometidos en México en los últimos 6 años, por lo menos 10 se han cometido en esta entidad, afirmó hoy el encargado del área de difusión de Bienes Culturales de la Interpol, Luis Alberto Aguilar.

El funcionario añadió que esos 10 casos han sido boletinados por el organismo en todo el mundo.

Luis Alberto Aguilar participó en la mesa redonda «Situación actual del arte sacro desde la perspectiva de un análisis jurídico, estético, teológico, científico y tecnológico», donde señaló que del total de robos reportados se han recuperado pocas piezas.

Mencionó, por ejemplo, que en el estado de Jalisco se recuperaron 6 esculturas robadas del templo de Texcoco, Estado de México.

Además, dijo, por medio de investigaciones de la Interpol, fue localizado y repatriado un retablo de San Francisco, que se exhibía en una galería de Santa Fe, Nuevo México, Estados Unidos.

Explicó que tan pronto reciben una denuncia del Instituto Nacional de Antropología e Historia (INAH), inmediatamente mandan al sistema de búsqueda internacional automatizada de la Interpol.

Indicó que también se rinde parte al FBI, a Aduanas y a la Policía Federal Preventiva (PFP), así como a las agregadurías de la Procuraduría General de la República (PGR) en Los Ángeles, San Diego, San Antonio y Washington, así como en Colombia y en Guatemala, con cobertura en Centroamérica, y en la Unión Europea.

Actualmente, indicó, se ha logrado la inclusión de 199 casos de robos de obras en el sistema de búsqueda automatizada, y aunque se han solicitado otras más, el problema es que no se cumplen con los requisitos de identificación de la obra.

El representante de la Interpol-México afirmó que en los últimos años se ha incrementado en 10% el robo de arte sacro, aunque un porcentaje similar se localiza y luego se da el trabajo de repatriación.

Explicó que los 199 casos de robos de arte sacro de los siglos XVI al XVIII se encuentran en la base de datos de la Interpol con sede en Lyon, Francia, y corresponden de 2001 a la fecha.

Previamente, la representante del Instituto de Investigaciones Estéticas de la UNAM, Gabriela Lascurain Vargas, señaló que en Oaxaca existen entre 270 o 300 templos que tienen obras que merecen ser catalogadas y 833 obras en campos de observación.

Precisó que 67 templos ya fueron catalogados por el Instituto de Investigaciones Estéticas de la UNAM y 25 por el área de Sitios y Monumentos del Conaculta, con lo que suman 92.

La maestra en historia del arte explicó que el catálogo de bienes culturales contenidos en recintos religiosos de Oaxaca se inició en 2001, y hasta ahora se han clasificado 67 templos, con un total de 4643 fichas pertenecientes a obras, como retablos, esculturas, pilas bautismales, pinturas y obras de platería, que van del siglo xvi al xviii.

Lamentó el hecho de que 833 obras estén en observación, lo que, dijo, se debe a que se encuentran en mal estado producto del tiempo y la humedad, toda vez que los templos tienen filtraciones, lo que daña las pinturas, sin contar los malos trabajos de restauración.

Lascurain resaltó que, mientras el robo del patrimonio arqueológico se castiga con cárcel por ser un delito federal, no hay una legislación que proteja el arte religioso.

«Antes estaba en boga el robo de piezas arqueológicas, pero actualmente es más factible el robo de piezas de arte sacro», añadió.

Dijo que el robo de arte sacro se liga con el narcotráfico y las bandas criminales, lo que hace que se difunda más.

A su vez, la fundadora del Patronato Pro Defensa del Patrimonio Cultural y Natural de Oaxaca, Ana María Cruz Vasconcelos, pidió la intervención de la Interpol-México, para iniciar la búsqueda de la Corona de la Virgen de la Soledad, que fue robada el 10 de enero de 1991.

Describió a la corona como «una pieza de filigrana, el rostro cuajado de brillantes y una perla en forma de calabazo colgando sobre el frente, así como la azucena en oro con pequeños brillantes».

Al respecto, Aguilar dijo que, con la fotografía de la Corona de la Virgen de la Soledad, se podría iniciar su búsqueda a nivel internacional, aunque el problema será presentar su ficha técnica.

Sin embargo, agregó: «Nada más falta que nos hagan llegar la solicitud de apoyo [funcionarios] del inah o de la delegación de la pgr».

El robo de arte sacro era un buen negocio. ¿Pero en qué podía servirme la información para resolver el caso de las pinturas? Las únicas pruebas que tenía eran las fotos que tomé en la casa de Joaquín Bárcena. Ya ni hablar de la conversación con Rafael Velázquez ahora que estaba muerto. La única manera de avanzar en la investigación era enfrentar a los conocidos del viejo historiador. Necesitaba pruebas irrefutables. Apunté en la libreta: «¿Meterme a la casa de Bárcena?»

Recordé las palabras del mensaje: *Cotelachi. Hoy es un año.* ¿Quién lo había escrito?, ¿por qué? Una palabra en los dos recados que encontré había sido leída por Bárcena y Velázquez antes de morir. Escribí *cotelachi* en el buscador de Google. Aparecieron cuatro entradas. En dos de ellas se mencionaba a una tal Adriana Cotelachi, actriz de telenovelas hispanas de los Estados Unidos. Las otras dos me llevaron a encender un cigarro. La primera entrada pertenecía al diario *El Norte*. El título de la nota era «México mágico». Decía: «La *cotelachi*. Esta palabra es zapoteca. Designa a una mariposa maléfica. Si alguien bebe agua sobre la cual pasó volando una *cotelachi*, indefectiblemente…». Seleccioné la página. Sin embargo, era necesario ser suscriptor del diario para ver la nota completa. Y no tenía tarjeta Visa porque odio a los bancos que cobran por guardarle a uno su dinero.

La otra entrada estaba en inglés. Conocía lo suficiente la lengua de los colonizadores del siglo xx para darme cuenta que se refería a lo mismo. Luego busqué un diccionario zapoteco-español por Internet. Aparecieron varios diccionarios del zapoteco con sus variantes del Istmo, Yatzachi, Cajono y más. En las tres páginas que entré, no apareció la palabra. Comenzó a hartarme el calor que hacía en la sala de redacción. Decidí tomar un descanso. Se me ocurrió ir a la biblioteca pública a buscar algún diccionario de zapoteco, pero salir a la calle a esa hora requería juntar fuerzas para enfrentarse al sol y a la plancha ardiente de cemento.

Iba a levantarme de la silla cuando escuché que alguien subía con rapidez las escaleras de la sala de redacción.

La figura desgarbada del Genio López apareció en la puerta. Vestía una playera desteñida color azul que junto a los lentes de sol le daban la apariencia de viejo *hippie*.

—Te he buscado como loco —dijo, mientras ponía un pesado libro en la mesa y se quitaba los lentes.

—Pues ya me encontró. María Sabina murió hace años, ¿no lo sabe?

Recordé su recado en la computadora.

—¿Eras tú el amigo que me fue a buscar ayer en la noche al departamento?

López se acercó una silla.

—Sí, era yo. Necesito hablar contigo de tus fotos.

—¿Qué fotos?

—Sabes a lo que me refiero —dijo alisándose la melena de mechones canosos y negros—. Las que tomaste en la casa de Joaquín Bárcena.

No quise revelar mis cartas. Fingí no saber de lo que hablaba.

—Sólo sé que son las fotos de un muerto del *jet set* oaxaqueño. Tan aburridas que nuestro jefe decidió no publicarlas.

El Genio López bajó el mentón haciendo una media mueca que pareció una sonrisa. Enseñó sus dientes grandes y amarillos, se acarició la barba de tres días.

—No quieras engañarme… estoy de tu lado. Te hablo de la foto que tomaste del recado… —dijo antes de meterse entre los labios un cigarro.

Observé durante unos segundos el humo elevándose. Sopesé los pros y contras de revelar toda la información. Parecía que el Genio López no sabía nada de las pinturas, por lo que no era necesario mencionar ese dato. Además era un trabajador, como yo, de *La Noche*.

—Te voy a decir lo único que sé. En la biblioteca de Bárcena, al buscar algo que me diera material para darle color a la nota, me di cuenta que en su mano había un papel. Lo saqué para leerlo. Decía: *Cotelachi. Hoy es un año.*

Omití mencionar a la mariposa maléfica y al brebaje que se preparaba con ella. Tampoco hablé del mensaje con dedicatoria que encontré cerca del cuerpo de Rafael Velázquez. El asunto se iba poniendo misterioso. ¿Quién perdería el tiempo en mandar esos mensajes? ¿Por qué Bárcena y Velázquez? Me resistía a creer que ambos habían sido asesinados por un brebaje mágico. Pero alguien se empeñaba en hacerlo parecer así. Si hubieran muerto por el efecto de algún veneno, se vería en el resultado de la autopsia. Hice una anotación mental: *Llamar a Rulfo Torres, médico legista de la morgue y preguntarle por los resultados de Velázquez.*

—¿Y a ti por qué te interesa el recado? —pregunté.

Mi compañero de trabajo pareció meditar lo que iba a decir.

—Nunca sabes lo que puede llegar a servirte en esta pinche vida. El domingo comencé a trabajar como siempre, acomodando las notas y anuncios para la edición del lunes. Encontré las fotografías de Bárcena por casualidad. Buscaba una foto con acercamiento del mecánico asesinado en Monte Albán, cuando al pasar por las fotos, me di cuenta que el rostro cenizo que aparecía en una de ellas me resultaba familiar. La amplifiqué. Y con el imperdonable paso de los años, vi que era sin lugar a dudas ni más ni menos que mi antiguo maestro de historia, Joaquín Bárcena Hidalgo.

—Tenía entendido que estudiaste ingeniería en el Politécnico —intervine.

—Así fue. Sólo que antes de irme para el D. F. a estudiar, quería ser arqueólogo. Era muy joven. Creo que todavía no cumplía los dieciocho años, cuando vi un cartel invitando a un curso de historia impartido por el distinguido historiador oaxaqueño Joaquín Bárcena. Yo aún me encontraba en ese limbo donde la indecisión y el futuro son la misma cosa.

—Entonces fuiste alumno de Bárcena.

—Sólo cuatro meses. Lo necesario para conocer algunas cosas de las etnias de Oaxaca. Desde códices mixtecos hasta los relatos de la colonia. Las clases de Bárcena estaban llenas de humor e ironía al compararlas con el presente. La historia es a veces una mala broma, ¿sabes? Por ejemplo, Foucault, tan lúcido en su crítica de la modernidad, quiso escribir la historia del sexo y murió de sida…

—Gracias San Condón —lo interrumpí.

—A veces ni la precaución es suficiente… En fin, lo que quiero decirte es que al ver la fotografía que tomaste del recado, reconocí la palabra *cotelachi* de una lectura que hice en ese curso de Bárcena. Aparece en la Relación Geográfica de Guaxolotitlán del siglo XVI, que como las demás relaciones geográficas de Oaxaca, se creó para documentar las riquezas y tradiciones que había en los territorios de la Nueva España con el fin de dar cuenta a la Corte. Entre la información recabada, hay datos de la economía de los pueblos, leyes y costumbres, guerras, historia e incluso algunos datos sobre prácticas religiosas y conocimientos de la herbolaria indígena —dijo.

Se detuvo en su explicación para tomar el libro que había dejado sobre la mesa. Lo abrió en una página doblada.

—La Relación de Guaxolotitlán contiene esos datos y más —continuó pasando la vista sobre las páginas del libro hasta encontrar la que había marcado—. Es interesante este documento porque en el capítulo veintiséis da un resumen de la medicina de esa población.

Comenzó a leer:

Las yerbas aromáticas con que los indios se curan son de tres o cuatro géneros. Llámense *quanayay* en su lengua zapoteca, que quiere decir «yerba para los ojos», y la beben cuando están enfermos. Dicen que sanan luego; es yerba experimentada. Tienen otra yerba que llaman *coquee,* que usan para el dolor de estómago, la cual cuecen y, junto con chile, hacen una comida de ella. Es la dicha yerba a manera de mastuerzo del Perú; usan desto para el dolor de estómago y barriga. Tienen otra yerba que llaman *coanattete,* que en la lengua zapoteca quiere decir «yerba provocativa para cámaras» en castellano, *apitzalpatli* en mexicano. Dicen que si beben un poco de ella aprovecha como purga y si toman mucha cantidad mueren de ello; es yerba ponzoñosa. Hay otra yerba muy ponzoñosa que usaban antiguamente: cuando se querían vengar de sus enemigos, la daban a beber en agua o en cacao y, dentro de veinte y cuatro horas, moría a quien la daban. Llámanla en su lengua zapoteca *bitao chachi,* que quiere decir en castellano «cosa que mata en un día». Usaban, asimismo, de unas mariposillas que andan en el agua, que tienen la cola algo larga y con ella, andando volando sobre el agua, la arrojan en la tierra: llámanla los naturales *cotelachi,* «mariposa que mata dentro de un año», porque el que la bebe se va secando sin calentura y, sin otro mal ninguno, muere.

El Genio López sonrió al terminar de leer.

—Tienes cara de miedo —dijo.

Tardé en responder.

—Bah. ¿Crees que alguien pueda haber matado a Bárcena con esa mariposa?

Los ojos del Genio López destellaron.

—No es un conjuro… Si me preguntas, creo en la posibilidad de que alguien muera con algún brebaje hecho a base de una alimaña.

—Pero eso de matar en un año, suena a leyenda —dije.

—En México los mitos y las leyendas son parte de la historia —contestó el Genio.

—¡Por favor! Ahora me vas a decir que crees en la Llorona y en Quetzalcóatl.

—¿Por qué no? Muchos creen que el hijo de Dios vino a este mundo, que la Virgen de Guadalupe se le apareció en el Tepeyac a un indio. La religión católica es sólo una más de las ficciones del ser humano para explicar su existencia.

—De acuerdo, Genio, pero aquí estamos hablando de envenenamiento, de asesinato, no de si alguna religión es verdadera.

—La muerte existe, lo vemos aquí a diario. Hay muchas formas de matar.

—Entonces, el veneno debió aparecer en la autopsia de Bárcena —dije y en mis adentros pensé en mi amigo Velázquez.

—Es probable, pero estoy seguro de que el cuerpo de Bárcena no recibió el filo del bisturí. Un hombre de esa edad

y de tal posición social, aun en esta sociedad enana, se respeta
—dijo el Genio.

—La cuestión es: ¿por qué mandarle el recado a Bárcena?
Como sea, debió haber recordado la palabra y su efecto. Era
historiador. ¿Quién pudo hacer el brebaje? Tal vez fue una
mala broma y el viejo cayó muerto de la impresión —dije.

Otras preguntas se abrieron en mi cabeza. La única relación entre Bárcena y Velázquez eran las pinturas. Ambos recibieron el recado, que por cierto, no fue igual; el de Velázquez
tenía una mentada de madre. Además, mi amigo el pintor no
sabía ni los números en zapoteco. El chofer de Bárcena era el
único que conocía a los dos muertos.

—¿Tienes alguna teoría sobre quién envió los recados?
—preguntó el Genio López.

Iba a contarle lo de la pintura robada, cuando sonó mi
teléfono celular. Miré la pantalla: era Donají.

—¿Hola? —dijo ella.

—Sí, dime —dije, acercándome a la ventana.

—Ya tengo lo que me pediste. Te veo en quince minutos
en La Flor de Loto. Ya estoy aquí y me muero de hambre, ¿eh?
Te va a gustar lo que encontré.

Iba a pedirle que dejáramos la cita para más tarde, pero al
voltear hacia López, vi que ya estaba en la puerta.

—En diez minutos estoy ahí —colgué.

—Déjame cerciorarme de algunos detalles y te cuento mi
teoría —me dirigí al Genio.

—Adelante. Ya tienes mi teléfono.

Salimos de la sala de redacción y al llegar a la calle nos
despedimos. Él caminó hacia el Zócalo. Yo fui por la moto que
había dejado estacionada en la esquina de 20 de Noviembre.

TRECE

ENTRÉ A LA FLOR DE LOTO a eso de las dos y media de la tarde. Ubicada en la calle de Morelos, entre Porfirio Díaz y Tinoco y Palacios, la vieja casona había sido acondicionada como restaurante vegetariano. Sus paredes estaban decoradas con cuadros de pintores oaxaqueños. Las mesas eran sencillas. Algunas pinturas eran buenas; otras, tal vez fueron la forma de pago de algún pintor muerto de hambre. En una reconocí la firma de Velázquez.

Donají escogió una mesa junto al balcón con vista a la calle. Vestía una blusa de huipil que combinaba con un pantalón de mezclilla claro que marcaba sus muslos. Usaba botas negras de punta y sus aretes eran más grandes que una moneda de diez pesos.

Se acercó la mesera. Pedimos el menú del día y agua de naranja para beber.

—¿Qué investigaste, morena? —le pregunté cuando nos quedamos otra vez solos.

—Primero quiero decirte que tú vas a pagar la comida, ¿entendido?

—No creo tener de otra.

—Tuve que usar mis contactos para encontrar los trapitos sucios de Bárcena. Si al maldito de mi jefe se le ocurre invitarme a salir, no te lo perdono. Aunque dudo que se atreva, la verdad es que no me dijo nada de importancia y se ve que la esposa lo tiene agarrado de los huevos. La información la encontré en otra parte.

—Sé que eres excelente capoteando bestias, morena. No me preocupo. ¿Quién te contó sobre Bárcena?

—En la mañana acompañé como siempre a Lupe, el fotógrafo, a los restaurantes de moda para desayunar: Colibrí, Misión de los Ángeles y el restaurante del Hotel Victoria. Detesto la comida en los tres: cara y mala. Pero son los lugares donde se juntan los grupos de señoras a mostrarse como parvada de pericos. En el Colibrí me encontré a Tita Escandón, hace cuarenta años exuberante *miss* Oaxaca; ahora solterona de sesenta y tantos años, con varias cirugías plásticas en la cara y operación de busto incluida que pagó cierto exgobernador. Parece una momia *reloaded* con tanto *botox* e implantes, pero es a toda madre. La abordé mientras esperaba una mesa para sus amigas. Se lleva con todas las esposas de los políticos y empresarios, y también las detesta. De hecho, fue amante de algunos de los esposos de sus amigas. ¿Qué te parece?

—Toda una señora.

—Sí, como pocas. A ella le pregunté, sólo para sondear si sabía algo, sobre Bárcena...

Llegó la mesera y callamos mientras nos servía la sopa.

—Pues te decía que no pensaba sacar nada de información, pero al contrario, quedé anonadada por el conocimiento de

Tita Escandón. Resulta que fue durante muchos años gran amiga de la esposa de Bárcena.

—¿También se acostó con Bárcena?

—No me lo dijo. Lo que sí me contó es que el viejo historiador, tan serio y reconocido que conocimos por las semblanzas que se escribieron en los periódicos, no fue nada de eso en su juventud. Es más, Tita Escandón mencionó a más de tres viejecillas y una que otra madura que estuvieron en la cama del viejo durante los años en que era apuesto y fuerte. Pero hace veinte años le vino la ruina en su vida familiar.

—Me tienes a tus órdenes. Cuenta por favor.

—Hace unos cuarenta años se casó con Lucinda Corcuera, una bella mujer, nieta de españoles dedicados al comercio. En ese tiempo el historiador era un jugador empedernido, bohemio por no decir borracho. Era el gran temor de las familias donde crecía una damita de sociedad. Hijo único de un notario público venido a menos y de una señora enferma de religiosidad, el joven Bárcena fue el azote de las señoritas oaxaqueñas durante varios años. Hasta que conocer a Lucinda lo cambió. El joven Bárcena por fin terminó su carrera de abogacía, profesión que estudió en el Instituto de Ciencias y Artes del Estado; y comenzó también a dedicarse a su otra pasión aparte de Lucinda: la historia. Al finalizar los estudios, vino la boda. Grande y tal vez la más concurrida del año en ese Oaxaca todavía recóndito. Ella tenía veintitrés años y él veinticinco. La luna de miel fue en el Puerto de Veracruz, donde Bárcena tenía unos familiares. De regreso en Oaxaca, se fueron a vivir a San Felipe del Agua, que para ese entonces nadie imaginaba que años después sería la zona burguesa de la ciudad. Formaban una joven pareja envidiable: ambos guapos y jóvenes. Sin embargo, algo les preocupaba: Lucinda no podía embarazarse. Debieron pasar casi diez años para que Lucinda Corcuera saliera a la calle con su panza de embarazada. ¿Cómo fue? Tita Escandón me dijo que mucho tiempo se corrió el rumor de que una vieja curandera india, conocida de Bárcena, ayudó a la mujer. En 1961 nació la hija. Una rubia de ojos azules, como los de la madre, que llamaron Cecilia.

Donají dio un trago de agua. Comimos un poco del rollo de pechuga con verdura que había llegado.

—Pues bien, durante los diez años siguientes, salvo algunas borracheras y dos que tres deslices que la esposa jamás supo, Joaquín Bárcena ganó reputación de gran hombre de familia, próspero abogado e historiador. El primer libro que publicó, curiosamente, no fue de historia, sino de poesía. Algo que nunca volvió a hacer. Los libros de historia vinieron después.

Mientras Donají narraba, yo iba apuntando en la libreta los datos que más me interesaban.

—Ahora viene lo bueno. Como sabrás, gracias a la publicidad que se le dio a Oaxaca durante los años sesenta y setenta por la imagen de María Sabina, Oaxaca se volvió el epicentro del movimiento *hippie*. Vinieron grupos de gringos y europeos en busca de la expansión de la conciencia a través de los hongos. La Guelaguetza adquirió más relevancia. En fin… Durante estos años apareció en la vida social de Oaxaca, pero sobre todo en el matrimonio Bárcena-Corcuera, un personaje de origen alemán o gringo, nadie sabe bien, treintañero, alto y bello como los gigantes de mis sueños, palabras de Tita Escandón, amor, no te enojes, que decía llamarse Larry Waller. La propia Tita intentó seducirlo, pero se dio cuenta de que el rubio gustaba de las voces varoniles. Un desperdicio, según ella. Sin embargo, Waller cayó bien entre la sociedad oaxaqueña con la ayuda de sus amigos Joaquín Bárcena y Lucinda Corcuera, con quienes hizo gran amistad. Siempre se les veía en los portales del Zócalo. Ahora bien, por cuestiones que Tita Escandón no pudo explicarme, y que creo son entendibles, Bárcena dejó de trabajar como abogado y se dedicó totalmente a su pasión por la historia. Ello hizo que Lucinda echara mano de las entradas de los negocios de su padre, en forma de préstamos, lo cual no duró mucho, pues sus hermanos pronto le pusieron un alto a la manutención del matrimonio. Sin embargo, el dinero no les faltó. Cuando se pensaba que Bárcena y su esposa eran unos mantenidos, repentinamente sorprendieron a todo mundo haciéndole renovaciones a su casa, compraron un auto último modelo e hicieron un viaje, junto con la pequeña Cecilia y su inseparable amigo Larry Waller, a la ciudad mundo: Nueva York. Tita Escandón me confió que esto fue inmediatamente después de que Larry y Bárcena se asociaran para abrir en el Centro de Oaxaca una tienda de antigüedades y que, gracias a los contactos y buenas maneras de ambos, lograron colocar sus objetos en todas las casas de políticos, empresarios y gringos que llegaban a la ciudad. Según la Escandón, ella vio con sus propios ojos cómo algunos señores le presumieron que tal cuadro del siglo XVI, que tal del XVIII, que esta pieza prehispánica… Todos los señores no sabían nada sobre las obras, pero tenían algo en común —dijo Donají, mirándome a los ojos.

—Todas fueron vendidas por Bárcena y Larry —le dije saboreando al fin el origen de los robos y su cómplice. Las piezas iban encajando—. ¿Y existe la tienda todavía?

—No, cerró hace unos años. Pero falta lo más importante —dijo.

—Con esto es suficiente.

—¡Ah, no! Ahora me escuchas —protestó Donají—. Vengo saboreando desde hace rato la cara que pondrás cuando te lo cuente. Es una telenovela.

Tuve que ceder. La mesera nos trajo el postre y dos tazas de café.

—En el año 81, la situación económica de Bárcena y su socio Larry se volvió desahogada. La tienda de antigüedades no sólo vendía a los ricos de Oaxaca, sino que gente adinerada del D. F. y del extranjero se volvieron clientes asiduos. El auge del turismo colaboró en ello. Bárcena y su esposa viajaban cada año a diferentes partes del mundo y las fotografías que tomaban en los destinos más alejados se publicaban continuamente en las secciones de sociales de los periódicos oaxaqueños. Claudia, su hija, se volvió una rubia hermosísima que a los quince años se coronó como Señorita Cruz Roja en el baile de blanco y negro que anualmente preparaba el *jet set* oaxaqueño. Por supuesto, era una belleza pretendida por todos los cachorros de pedigrí. Pues aquí viene lo bueno. En el año 84, Larry Waller se fue a vivir a Nueva York y sólo regresaba en las temporadas de verano o invierno. Cuando venía a Oaxaca, siempre él, Bárcena y un muchacho que les servía de chofer viajaban a pueblos alejados. ¿Qué hacían? Tita Escandón supone que ahí conseguían las antigüedades para la tienda.

—O iban a robarlas —dije.

Donají me miró con curiosidad.

—¿Sabes algo?

—Mejor te dejo terminar.

—Bueno, resulta que robadas o compradas, Larry, Bárcena y ese muchacho regresaban de sus viajes a los pueblos con piezas nuevas para su negocio.

—¿Cómo se llamaba el muchacho que les servía de chofer? —interrumpí.

—Tita Escandón no pudo recordar su nombre. Lo que sí me dijo es que era un cualquiera. Palabras suyas, aclaro. Bárcena le profesaba a su chofer una simpatía que no le duró mucho.

—¿Por qué?

—Resulta que al chofer no le bastó con ser discípulo del historiador. Según la Tita, el muchacho embarazó a la hija de Bárcena. Como entenderás, la noticia volvió loco al viejo, en especial cuando el muchacho y su hija le dijeron que se iban a casar.

—¿Y qué sucedió?

—Pues que al enterarse Bárcena de la noticia, en una comida que preparó la pareja con la complicidad de Lucinda Corcuera, casi mata a golpes al novio. Larry por fortuna estaba ahí y logró detenerlo, aunque se llevó también su tunda. Bárcena estaba como loco. Fue tal su enojo que le dijo a la hija que al día siguiente volaban a los Estados Unidos para que abortara. ¿Puedes creerlo?

—Ser alguien instruido no garantiza que seas mejor ser humano. He visto padres peores. ¿Y qué pasó?

—Larry Waller aventó al muchacho a la calle y le dijo que se fuera porque llamaría a la policía. La hija se encerró en el cuarto y ni los ruegos de su madre como las palabras de Larry pudieron calmarla. El cortón de sus planes tuvo consecuencias fatídicas.

—La hija se suicidó.

—Espera, no te adelante. Esa noche, la hija se escapó de la casa en el jeep que utilizaba Bárcena para sus viajes. Pero no se fue sola —dijo Donají, deteniéndose para cerciorarse que le ponía atención.

—La acompañó el novio —dije.

—No, el plan era irse con él a algún lugar. ¿Por qué? Los enamorados no piensan, sólo sienten. La acompañaba su madre. Sin embargo, Bárcena las vio salir en el jeep y las siguió en otro auto. Cecilia iba temerosa de que su padre les diera alcance, así que en su escape tomó la carretera del cerro del Fortín. Y Bárcena, en lugar de aceptar la decisión de su hija, la persiguió. El desenlace es que la muchacha perdió el control del volante y se salió de la carretera, cayendo casi veinte metros hacia unas casas de lámina. La madre salió disparada y murió en el acto. Milagrosamente, Cecilia Bárcena Corcuera sobrevivió junto con su retoño. Como haz de imaginar, Bárcena se consumió de rabia y culpa y tuvo que aceptar que la hija culminara el embarazo. Pero decidió vengarse del muchacho. Realmente no sé si creerle a Tita, pero dice que Bárcena le pidió a sus conocidos en la Procuraduría de Justicia que le inventaran al muchacho un delito y lo metieran a la cárcel. Lo que no sabía Bárcena es que alguien le dio un pitazo al chofer y éste se escapó.

—Pero no se pudo ir sin dejar algún rastro —dije.

—Dijeron que pertenecía a la Liga 23 de Septiembre y esas cosas de subversivos —retomó Donají el diálogo—. Por supuesto que Ceci Bárcena no creyó el cuento y siguió creyendo que algún día vería a su novio. A los siete meses del accidente, Ceci parió a una hermosa niña, volviéndose el centro del chismorreo social.

—Pero dijiste que tuvo un final trágico.

—Sí, a eso voy. Al tener a la niña, padeció un ataque sicótico postparto y se ahorcó. Increíble pero cierto. Por eso cuando tenga un hijo voy a decir que me pongan una camisa de fuerza por si las dudas. Según la Escandón, el historiador a partir de ese momento se volvió un misántropo. La presencia de la nieta le ayudó, paradójicamente, a sobrellevar la vida, y si me preguntas, la culpa, creo yo. Aunque eso sí, según Tita Escandón, la niña siempre vio en Larry Waller más la figura del abuelo. Y pues del padre del bebé ya no se supo. Bárcena se refugió escribiendo sus libros de historia que él mismo publicaba bajo editoriales fantasma. Hace diez años, ciertas asociaciones de historia le hicieron caso y volvieron a publicar sus libros. Tita Escandón quedó de contarme más chismes siempre y cuando saque sus desayunos en las fotos de sociales. Buen trato, ¿no?

—Podrías abrir tu revista —le dije—. Pero hay algo que todavía no me queda claro. ¿Cómo se enteró Tita Escandón de esta historia?

—Porque encontró a Larry Waller en el bar del Hotel Victoria días después de la muerte de Lucinda. Era un costal rubio remojado en mezcal. Según Tita, el viejo Bárcena estaba peor, aunque él prefirió la discreción de su casa durante casi un mes. Al menos tenía a la hija, aunque bueno, después se suicidó.

—Carajo, pobre güey. ¿Y qué fue de Larry Waller?

—Como te dije, vive en Nueva York y sólo viene eventualmente a Oaxaca. Estuvo presente en el entierro de Cecilia Bárcena.

—Supongo que ahora que murió su viejo amigo, también vino —dije.

—Sí —respondió Donají de inmediato—. Larry Waller está en Oaxaca.

—¿Sabes dónde se hospeda? —dije pensando en que podía entrevistarlo. Si era el cómplice de Bárcena, debería saber quiénes eran sus enemigos. De hecho, él mismo podría ser el autor de los recados.

—No lo sé, mi amor. En algún hotel de cinco estrellas o en la misma casa de Bárcena. Eran muy cercanos y seguramente conoce a la nieta que, por cierto, es muy guapa —dijo Donají.

Se le iluminó la mirada.

—Ahora que lo pienso, podemos comprobar ahora si aparece Larry Waller en las fotos que tomé del sepelio —dijo, sacando de su bolsa una computadora portátil color rosa.

—Dudo que podamos reconocerlo, pero adelante, así ya no tendrás que enviarme las fotos por e-mail.

Donají arrugó un poco la nariz haciendo que sobresaliera su *piercing* de oro.

—Yo en tu lugar tiraba esa Olivetti que tienes en tu departamento y me compraba algo moderno. Las máquinas de escribir han dejado de ser útiles, mi amor, son anacrónicas.

—Lo anacrónico es que necesitemos artefactos más sofisticados para escribir, morena.

Eché un vistazo hacia la calle mientras ella buscaba las fotos en sus archivos. El cielo se había nublado y soplaba una agradable brisa anunciando lluvia. Le hice señas a la mesera para que nos trajera dos tazas más de café.

—Aquí están —dijo Donají. Acerqué mi silla para ver mejor las fotos.

—Sólo tomé del entierro. Detesto los velorios, son aburridísimos. Además, estaba en un *babyshower* muy divertido —dijo poniendo en la pantalla la primera foto de la serie.

En las imágenes aparecían personajes de la sociedad oaxaqueña: en una el presidente municipal y su esposa, un pequeño grupo de intelectuales que vivían del gobierno en otra, empresarios y representantes de viejas familias, etcétera. Poca gente del pueblo. Al llegar a la foto donde se veía a la nieta de Bárcena, la sirvienta y su hijo, le pedí a Patricia que aplicara el *zoom*.

—¿Verdad que es guapa? —preguntó Donají.

Realmente lo era. La nieta de Bárcena con el vestido negro parecía una mujer fatal. Pero mostrar mucho entusiasmo iba a costarme un pellizco en cualquier parte sensible. Así que apenas moví la cabeza como aprobación. Al lado de la nieta estaba la sirvienta, demacrada por el lloriqueo, al lado el chofer, vestido con una guayabera y pantalón negro. Al otro lado de la nieta de Bárcena estaba un anciano, algo encorvado pero que en la juventud debió ser muy alto. Tenía un sombrero negro y usaba gabardina gris. Su tez parecía muy blanca.

—¿Será Larry Waller?

Donají entornó los ojos.

—Puede ser...

—¿Y qué sabes de la nieta?

—¿Por qué quieres saber? —me reviró Donají.

—Sólo curiosidad, morena.

—Sé que vive en París o Roma, no sé; y que estudia o estudió historia del arte. Nada más.

Pasó a la siguiente foto, donde enfocaba la misma escena pero con mayor amplitud, logrando así que aparecieran más personas en la imagen. Comencé a pasar la vista sobre la gente que rodeaba el pozo y a la nieta de Bárcena. Las manos me sudaron.

—¿Puedes agrandar la foto? —le pedí.

Subió el *zoom* y algunos rostros tomaron consistencia.

—¿Reconoces a alguien? —preguntó.

—Sí —le dije—. A una persona que tendrá que explicarme su presencia en el entierro.

—¿Quién es?

—Le dicen el Genio López y es el formador de *La Noche* —contesté señalando la figura de López, quien escondido entre la gente, miraba fijamente hacia la nieta de Bárcena.

Comenzaron a escucharse los relámpagos rasgar el cielo.

—Es hora de irnos —le dije.

—No, cuéntame —pidió Donají.

—Prometo hacerlo después. Ahora vámonos —le contesté.

Hice señas a la mesera para que nos trajera la cuenta.

Entré a la sala de redacción empapado por la lluvia. Donají había tomado un taxi al salir de La Flor de Loto. Quedé en que la vería, si podía, esa noche.

No había nadie en *La Noche*. Me acerqué al escritorio de Marino Muñoz. Sobre la mesa había un recado. «Carrizo: Estaré fuera el resto de la tarde. Todo queda a tu cargo. Muñoz.»

El aguacero comenzó a parecer el diluvio. El rato que pasé ahí me sirvió para pensar en las señales que el radar me mandaba. No sabía nada sobre el Genio López y el único que podría darme una respuesta era el mismo Genio o Marino Muñoz. En ese momento tuve una idea. Saqué el celular y busqué el número de la morgue. Marqué desde el teléfono de *La Noche*. Me contestó Rulfo Torres, el médico legista encargado de las autopsias. Le pregunté si había encontrado en el cadáver de Velázquez algún indicio de envenenamiento.

—Para nada, mi Carrizo. Éste se murió de un ataque al miocardio.

Mierda, pensé. Estaba sin ninguna pista.

—Otra pregunta, doctor. ¿Ha ido algún familiar a reclamar el cadáver de Rafael Velázquez?

—Mmmm —dijo el médico durante algunos segundos—. Sí, sí, aquí en el expediente dice que vino a reconocerlo una sobrina suya.

—Bien, es todo. Gracias —colgué.

Me calmó saber que un familiar había reclamado el cadáver del pintor.

Esperé que dieran las once de la noche. La lluvia llegó a amainar pero no hubo noticia de mi jefe. En ese lapso recibí una llamada de la Cruz Roja. Se trataba de un atropellado en el Periférico, sólo raspones, nada de gravedad. No, gracias. Evitaba el resfriado por algo sin importancia.

Al salir, encendí la moto y me dirigí al departamento de Marino Muñoz por rumbos del Rosario. Sus consejos me hubieran venido bien. Sin embargo, estuve tocando el timbre de su puerta durante diez minutos y nadie contestó. La lluvia comenzó a caer de nuevo. Me puse el impermeable y enfilé hacia mi departamento. Necesitaba dormir. Estar solo. Si iba con Donají no iba a descansar. Crucé la noche oaxaqueña.

CATORCE

El sonido del teléfono me alejó de la carretera oscura y solitaria donde caminaba. Contesté con los ojos cerrados, como si me resistiera a dejar ese territorio.

—¿Bueno?

—¿Carrizo? —preguntó una voz femenina que no pude reconocer—. ¿Vicente Carrizo?

—Sí. ¿Quién habla?

—Soy Lupita Manzano, la secretaria del Ministerio Público de Santa María del Tule.

Me llegó la visión de una mujer minúscula de grandes anteojos, tras los que se movían unos ojitos negros y vivaces; el cabello corto pintado de castaño y un aroma a crema barata que se quedaba en la nariz de quien la saludara. Para contrarrestar su corta estatura, utilizaba unas zapatillas de tacón tan alto que le daban cierto grado circense a su ir y venir cargando archivos en la oficina.

—¿Qué hora es? —pregunté aferrándome a seguir con los ojos cerrados.

Soltó una risa corta parecida al ruido que hacen las ardillas.

—Son casi las siete de la mañana. Espero no haberlo despertado, joven.

—Lo hizo, pero no importa. ¿En qué le puedo servir? —dije recordando aquella vez del doble asesinato de unos jóvenes durante un jaripeo. Ese día hicimos el trato de que ella me avisaría de los casos que llegaran al Ministerio Público, pues su jefe no había mostrado interés en pasarme la información.

—Le hablo por lo que quedamos…

—Claro que me acuerdo, señorita. ¿Qué pasa?

—Hubo un robo aquí cerca, en la iglesia de Rojas de Cuauhtémoc.

—¿Qué se robaron? —pregunté. No iría si se trataba del robo de las alcancías. Eso no interesaba a los lectores de *La Noche*.

—Pues suena chistoso decirlo, pero digamos que dejaron a la virgen desnuda. Alguien se llevó el vestido de la virgencita durante la noche. Dicen los habitantes que era muy antiguo y estaba tejido en oro.

Desperté inmediatamente. El radar me mandó señales. Alguien seguía robando arte sacro. ¿Larry Waller? La curiosidad me sedujo. Jamás había visto una virgen desnuda, ni en mi adolescencia, cuando en vez de esperar que alguna impoluta compañera de clase quisiera enseñarme el paraíso, me acerqué a la calle de Zaragoza donde una prostituta me trató como al Niño Dios.

—¿Otro reportero sabe del robo?

—Acaba de avisarme la autoridad municipal y sólo he telefoneado al señor licenciado y a usted. Tengo que dar parte a la Procuraduría para que manden algunos judiciales. Y como el señor licenciado vive en la ciudad estoy segura que llegará dentro de una hora.

—Voy para allá. Por favor, no le avise a ningún otro reportero. Si soy el primero en llegar, le aseguro que su nombre aparecerá en *La Noche* como una mujer capaz de poner en alto el nombre de la justicia.

Otra risita corta y aguda.

—Gracias, joven, pero no es necesario. Ya sabe que una sólo tiene el don de servir.

—A eso me refería —colgué y comencé a vestirme.

Rojas de Cuauhtémoc es un pueblo con menos de mil habitantes. Se localiza a veinte kilómetros aproximadamente de la ciudad y para llegar se debe tomar una desviación en la carretera que va a Tlacolula, después de pasar Santa María del Tule. Se dice que su nombre lo tomó por dos manos pintadas en rojo sobre una roca, que después de ser vistas por el sacerdote del pueblo durante el siglo XIX, fueron dinamitadas bajo el argumento de ser obra del diablo.

Eran las siete y media de la mañana y en el atrio de la iglesia se encontraban reunidas más de cien personas. La mayoría campesinos y mujeres ancianas cuyos rostros morenos se veían angustiados por lo que había sucedido. Lentamente los demás habitantes del pueblo fueron acercándose, saliendo de todas partes. El espacio de la cancha de basquetbol, ubicado cerca de la iglesia, comenzó a ser insuficiente para tantas personas.

Mi presencia se convirtió en el centro de atención. El instinto me dijo que debía actuar con tacto. Una frase podría mal interpretarse y lo de menos era quedarme sin la primicia del robo. Los ojos de algunos habitantes comenzaron a atravesarme igual que unas flechas. Sabían que era reportero.

Dos hombres que calzaban huaraches vinieron hacia mí. Se abrieron paso entre la multitud. Sus rostros guardaban la seriedad que sólo otorgan los años y la vida trabajando la tierra. En sus ojos había un brillo de lumbre que deseaba no se propagase entre la gente. Recordé las imágenes de aquellos policías del Estado de México que fueron quemados vivos por la muchedumbre, frente a las cámaras de televisión que no pudieron hacer nada excepto llevar el espectáculo a cadena nacional.

—Llamamos a la policía —dijo el más alto, mirándome con una rabia contenida por generaciones—, no a la pinche prensa.

Le calculé unos cincuenta años; al otro igual. Por la seguridad con la que hablaba, supuse que eran parte de la autoridad municipal.

—Por favor, señores. Yo sólo vengo a hacer mi trabajo. La gente tiene derecho a saber del robo que aquí ha pasado. Si esto se sabe, es posible que se atrape a los asaltantes —dije.

Busqué entre quienes estaban cerca algún rostro de aprobación. Los dos hombres voltearon a ver hacia la gente. Un anciano golpeo su bastón contra el suelo de cemento.

—Déjenlo. Ojalá ponga en su nota que al gobierno no le importa el sacrilegio que aquí se ha cometido.

—Lo haré, se lo aseguro —comenté inmediatamente—. ¿Quién podría contarme lo que sucedió?

Saqué de la mochila mi grabadora. Los dos hombres, algo desconcertados, voltearon a verse. Una mujer robusta de cabello blanco que apenas enseñaba su rostro bajo el rebozo, alzó la voz:

—¡Llévenlo con Benjamín! Él vio todo.

—¿Quién es Benjamín? —pregunté.

—Es el sacristán. Se encarga de abrir el templo y de cerrarlo cuando el sacerdote está fuera. A eso de las seis de la mañana vimos que la puerta de la iglesia seguía cerrada y él no aparecía por ninguna parte. La gente pensó que se había quedado dormido y lo fueron a buscar a su casa. Pero la madre dijo que a las cinco de la madrugada se había marchado a abrir el templo. Después de ir por la copia de llaves que guardamos en la presidencia, lo encontramos amarrado y con un trapo en la boca entre las bancas —decía aquel hombre serio que luego supe era el presidente municipal de Rojas de Cuauhtémoc.

Empezamos a caminar hacia el palacio, en dirección opuesta a la iglesia.

—Pensé que el sacristán estaba en el templo —dije con la esperanza de tomarle fotos a la virgen desnuda.

—No, lo llevamos a mi oficina. Además no podemos permitir que vea a nuestra virgencita en paños menores —dijo el hombre.

—¿Pero entonces cómo sabrá la gente lo que robaron? Debo tomar fotos.

—No se preocupe, tenemos fotos de sobra de nuestra virgen con su vestido. Le daremos una.

No dije más. Habíamos llegado al corredor del palacio municipal.

Benjamín Prado parecía un niño de diez años que se había desvelado. Daba esa impresión su corta estatura y su cara de alumno de primaria. No obstante, tenía dieciséis años y su animosa religiosidad le había augurado un futuro como sacerdote. Cuando entré a la oficina de la presidencia, lo encontré dormitando en uno de los sillones. El secretario de Bienes Comunales lo despertó.

—Me dicen que viste a los ladrones de la iglesia —le dije mientras él bostezaba.

Me miró y luego volteó a ver a las autoridades municipales que me acompañaban, como si buscara que alguno de ellos le dijera quién diablos era yo.

—Es un reportero, Benja. Dile lo que viste.

El muchacho se levantó del sillón.

—Sí, señor. Yo vi a los asaltantes cuando se robaban el vestido de la virgen…

—¿Cuántos eran? —le pregunté.

—Creo que dos. Uno fue el que me pegó y amarró mientras el otro desvestía a nuestra virgencita —dijo el muchacho con tristeza. Estuve a punto de echarme a reír.

—¿Viste sus caras?

—No, señor. Estaba muy oscuro.

—¿No sospechaste nada al entrar a la iglesia? ¿Fue forzada la puerta?

—No, señor. Las puertas estaban cerradas y atrancadas como yo las había dejado anoche. Pienso que la única forma de entrar a la iglesia es por el campanario.

—¿A qué hora llegaste a la iglesia?

—Como a las cinco de la mañana. No tenemos cura fijo, pero la iglesia se abre a las seis para quien guste venir a recibir el alba con nuestro señor Jesucristo.

—¿Podrías decirme cómo encontraste a los asaltantes?

—Pues entré primero por la casa del curato, señor, y comencé a encender las luces porque aún era de madrugada. Volví a salir al patio a llenar la cubeta de agua para fregar el piso del templo. Iba a ponerme a hacerlo, pero como el apagador de la luz está en la entrada principal, tenía que cruzar el pasillo de la iglesia. No traje lámpara porque se me bajaron las baterías, así que encendí una vela. Apenas había pasado cerca del retablo, cuando escuché un ruido. Pensé que se trataba de alguna paloma o murciélago que luego ahí se esconden. Pero al echar la vela hacia el retablo fue cuando vi a una persona, vestido como esos ninjas de las películas, que traía entre sus manos una tela. Miré hacia la virgencita y ahí estaba ella, encuerada la pobrecita, sin nada que la protegiera. Entonces alguien me dio una patada atrás de las rodillas que me tiró. No pude ni gritar, señor, pues luego un golpe en el cuello me hizo sentir que me moría. Lo siguiente que recuerdo es que comenzaron a amarrarme y que la persona que se llevaba el vestido de la virgen le decía al que me golpeó que era hora de irse.

—¿Cómo era la voz?

—De hombre, pero al otro no le escuché decir nada.

—¿Robaron algo más, a parte del vestido de la virgen? —pregunté viendo a todos los que estaban en la oficina.

—No, lo demás está completo. Ya revisamos. Hasta las alcancías de la limosna aún tienen dinero —respondió el presidente municipal.

—¿Por qué crees que sólo se robaron el vestido de la virgen? —volví a dirigirme al muchacho.

Bajó la vista como si buscara en sus recuerdos.

—Pues alguna vez el cura me dijo que unos señores le dijeron que ese vestido era único porque estaba tejido en hilos de oro y era muy antiguo.

—¿Cuándo te dijo eso?

—Pues ya tiene tiempo. Hará como año y medio.

—¿Viste cómo eran esos señores?

—Pues no los vi de cerca, pero eso sí, ya estaban viejos.

¡La pista que necesitaba! ¿A quién le podría interesar el vestido de una pinche mona? Bárcena o Larry Waller. Sólo vivía el último y su presencia coincidía con el robo. Sin embargo, todavía quedaban cosas por aclarar: ¿aún tenía Larry Waller, a sus setenta y tantos años, la agilidad para escalar el campanario de una iglesia?

En ese momento recibí una llamada telefónica. Salí de la oficina. No quería que oyeran mi conversación. El número era el mismo del que me había llamado la secretaria del Ministerio Público del Tule.

—¿Diga?

—Buenos días, Carrizo —volvió a decirme la meliflua voz de Lupita Manzano.

—Buenos días, Lupita. Ya estoy aquí en Rojas de Cuauhtémoc. ¿A qué hora viene el señor licenciado?

Otra vez la risa corta, como deben de reírse las ardillas.

—El señor licenciado apenas viene en camino. Le llamo por otro asunto.

—¿Otro? Si apenas son las ocho de la mañana. El crimen se levanta muy temprano por aquí, oiga.

—¡Ay, que Carrizo! Pues fíjese que sí, otro robo, y también en otra iglesia. Fue aquí cerca en Santa Catalina de Siena. Desapareció la imagen de la santa patrona.

El radar comenzó a mandarme señales. Dos robos en una noche. Quienes ayudaban a Larry trabajaban rápido.

—Termino y voy para allá. Gracias. ¿Sabe a qué hora llegará por aquí el señor licenciado? La gente está desesperada —dije.

—¡Uy, Carrizo! Yo creo que tarda. A los que ya avisé son a los judiciales.

—Bueno. Oiga, sólo una recomendación, Lupita.

—Sí, dígame.

—Ahora sí que como dice la canción, si le hablan de mí, no me mencione. No la vayan a regañar.

—No se preocupe. Hasta luego.

Colgué y regresé a las oficinas de la presidencia.

—He recibido una llamada importante y debo irme.
¿Alguien vio algún coche sospechoso ayer en la noche o en la
madrugada? —pregunté a la media docena de personas que
había en la oficina. Comenzaron a mirarse. La respuesta de
todos fue la misma: «No».

Cuando me despedía, el presidente municipal me dio una
foto de la Virgen del Rosario vestida.

Estaba subiéndome a la motocicleta cuando me alcanzó
Benjamín.

—¡Espere señor! ¡Recordé algo! Es sobre el asaltante que
me tiró al piso…

—¿Ajá?

El imberbe sacristán se ruborizó. Sus mejillas morenas se
encendieron de un rojo tenue.

—Creo que no era hombre… digo, no he conocido a
ninguna mujer, usted sabe —decía con nerviosismo—, pero
al momento de sentir que alguien se iba sobre mí, solté algunos trancazos que tocaron su pecho y era… muy suave, eran…
grandes, suaves —terminó Benjamín dibujando con las manos
las formas voluptuosas.

Me reí. Encendí la moto.

—Grandes y suaves —le guiñé el ojo y aceleré.

Pronto llegué al entronque de la carretera y tome con dirección al Tule. Pasé los tanques de Pemex y a unos quinientos
metros vi el letrero que decía Santa Catalina de Siena. Tomé
el camino de tierra.

La iglesia de Santa Catalina de Siena es pequeña y blanca. Sus campanarios se cayeron en algún temblor y por eso las viejas campanas fueron colocadas en el atrio, bajo un techo de lámina. Su fachada es simple, si con eso se entiende que los nichos que alguna vez tuvieron imágenes de santos están vacíos, lo que les da un aspecto de inutilidad. En medio de la fachada hay un hueco donde alguna vez seguramente hubo un vitral. Por ahí era posible tener fácil acceso al interior de la iglesia sólo ayudado con una cuerda, pensé. A diferencia de Rojas de Cuauhtémoc, apenas encontré a diez personas reunidas. Las calles estaban vacías y polvorientas. Las casas se veían esparcidas por los terrenos de siembra. En algunos lados resaltaba el color terroso del adobe; en otros, la migración al norte había traído grandes casas de dos pisos que lucían abandonadas.

En el pequeño grupo de personas había un gesto de urgencia que se notaba en la mirada de cada uno, como si vivieran un temblor interno. Una mujer chaparrita y delgada, con delantal color azul pastel, se me acercó. Tenía los ojos hinchados y en las mejillas el rastro de las lágrimas.

—¡Se han robado a nuestra Santa! ¡Se han llevado el alma del pueblo! —gimió tomándome del brazo. Debí de aguantarme las ganas de apartarla de mi humanidad.

Era una epidemia de tristeza. El grupo se apeñuscó alrededor mío. Me horroricé ante la posibilidad de ser devorado. Nunca el dolor de alguien me había parecido tan patético como para sentir una mezcla de repulsión y compasión. Y menos por una pinche mona de cerámica.

Intenté tranquilizarlos. Me presenté como reportero de *La Noche*. En busca del argumento que los desviara de hacerme preguntas inquisitivas, les informé del robo que había sucedido en Rojas de Cuauhtémoc. Aproveché su distracción y comencé a humear en los detalles.

—¿Quién es la santa del pueblo?

—Es Santa Catalina de Siena —dijo una muchacha.

—¿Alguien vio a los asaltantes?

—Nadie, señor. Aquí vivimos pocas personas y nadie escuchó nada —dijo un hombre de bigotes retorcidos—. Aquí todo es tranquilo.

—Yo vi algo —interrumpió una joven a la que calculé unos quince años—. Iba camino del molino, cuando pasó una camioneta nuevecita con dirección a la carretera. Jamás la había visto por aquí.

—¿Viste a los ocupantes?

—Estaba todavía oscuro… pero no era de nadie del pueblo —dijo.

Era inútil seguir preguntando. Los asaltantes eran profesionales y seguramente se trataba de los mismos que habían dejado desnuda a la virgen. Les pedí que me dejaran fotografiar el nicho vacío de la santa.

Entré a la iglesia. Pude darme cuenta que ese hueco en el frente del templo ayudó a que el robo fuera limpio y fácil.

Estaba por irme cuando el hombre de los bigotes torcidos me pidió que le tomara una declaración. Toda la gente lo acompañaba. No me quedó otra opción que encender la grabadora:

—Pedimos a los señores asaltantes que robaron la imagen de nuestra santa, que por favor la regresen. Esperamos que comprendan el mal que nos hacen. Se han llevado el alma del pueblo… Les ofrecemos una recompensa de cincuenta mil pesos, ¡pero por favor, regrésenos la imagen!

Debí morderme la lengua para no carcajearme de la propuesta de rescate; de esa ingenuidad colectiva. Luego me sentí un ser vil. Tal vez el problema estaba en mi incredulidad. Recordé el diálogo de una película de Sherlock Holmes: «Soy escéptico por naturaleza. Dios, si es que existes, ten piedad de mi alma, si es que tengo alma».

Encendí la moto y regresé a la ciudad. Era de mañana y por fortuna el sol iba a mi espalda. Podía ver con claridad. Haría una visita sorpresa.

QUINCE

Iban a dar las nueve de la mañana cuando llegué al domicilio de Olivos 727 en San Felipe del Agua. Era tiempo de conocer a Larry Waller y a la nieta del historiador. Debía confirmar mis sospechas sobre ellos pues había la posibilidad de que no hubieran participado en los robos a las iglesias. Por eso pensé que un vistazo no vendría mal. Así podría tener más elementos para encarar al Genio López y su presencia en el entierro de Bárcena. Sí, todo era confuso. Los asaltos habían desviado mi atención de los recados que encontré junto a los cuerpos de Bárcena y Velázquez.

Había planeado avisarle a Carlos Caballero, el policía municipal de la ciudad que me avisó de la golpiza al fontanero, por si las cosas se descontrolaban dentro de la casa con Larry y la nieta. ¿Quién escribió los recados? ¿Por qué?, pensaba al tocar el timbre del interfón.

Unos segundos después reconocí la voz de la sirvienta.

—Buenos días, soy Vicente Carrizo, reportero. Quiero entrevistar a la nieta de don Joaquín Bárcena Hidalgo. Estoy realizando una semblanza para el periódico —dije mirando hacia la pequeña cámara del interfón.

—Déjeme preguntar, por favor.

Pasaron los minutos. Si no abrían la puerta debería esperar a que salieran de la casa para meterme como un ladrón, la altura de los muros tiró esa posibilidad. Afortunadamente, escuché el mecanismo automático que abría la puerta.

—Dice la señorita que pase —anunció la vieja sirvienta al recibirme en el pasillo que atravesaba el jardín hacia la casa.

—Es usted el reportero que vino cuando murió don Joaquín, ¿verdad? —habló la mujer con un tono triste, como si al verme yo le recordara ese día.

—Así es, señora. Aunque ahora vengo por algo más amable, digamos. Espero que a su hijo no vaya a molestarle que esté yo aquí —solté buscando pescar algo de información.

—A veces mi hijo exagera. No tenga cuidado, está fuera haciendo unos mandados. Por favor discúlpelo si sus malas maneras lo ofendieron. Don Joaquín fue como un padre para él. Lo ayudó tanto…

Camino al interior de la casa vi en la cochera una camioneta negra último modelo. La carrocería estaba sucia, con abundante polvo, como del que sólo se pega en los caminos de terracería.

Minerva Bárcena esperaba en la sala. Era más bella en persona que en la foto donde la vi como una sirena que sale del mar. Tenía la edad borrosa de las mujeres que pueden tener veinticinco o treinta años. El sofá blanco donde estaba sentada recibía la luz directa de los ventanales. La intensidad de sus ojos azules resaltaba entre los muebles y paredes blancos de la sala. Llevaba puesta una blusa roja deportiva que hacía notar dos tetas carnosas. La falda de mezclilla que portaba dejaba ver unos muslos torneados y duros, como de gimnasta o teibolera. Desprendía una tensión sexual que encendió mi imaginación pornográfica.

Al verme entrar se levantó cortésmente. Sonrió como una gata orgullosa que mira al ratoncito que no sabe si huir o quedarse para ser devorado.

—Buenos días, soy Minerva Bárcena —dijo tendiéndome su mano suave y al mismo tiempo llena de firmeza. Su voz tenía un ligero acento francés al arrastrar las erres.

Tuve que sonreír como un imbécil para hacer tiempo y recobrar el habla.

—Eh… soy Vicente Carrizo, reportero —alcancé a decir finalmente.

—¿De qué periódico? —preguntó con tono indiferente, mientras regresaba a su trono blanco de reina del porno.

—Del semanario *La Noche*…

Inmediatamente supe que había cometido una equivocación. Debí decir el nombre de un periódico más respetable.

—No lo conozco… Bueno, hace mucho que no vivo aquí en México. Me dice Tenchis —se refirió cariñosamente a la vieja sirvienta que permanecía sin moverse, como si esperara alguna orden—, que quiere escribir una semblanza de mi abuelo.

—Así es, señorita. Considero que su abuelo fue una de las personas que más aportó al conocimiento del pasado de Oaxaca, y me gustaría realizar una semblanza de él desde el punto de vista del historiador, pero también del amoroso hombre de familia que fue —le solté con mi sonrisa más angelical, y atento a su reacción.

Desvió la mirada hacia los ventanales como si buscara en el jardín al fantasma de su abuelo. Sus ojos azules centellaron. Luego bajó un poco la vista y ordenó a la sirvienta que trajera unas tazas de café. *Tienes muy ensayado tu papel mamacita,* pensé.

—Aún no desayuno. Si gusta puede acompañarme —dijo recobrando su aire de diosa pornográfica, ahora con una sonrisa triste, lo cual no la hacía menos hermosa—. Podremos platicar a gusto. He terminado todo lo que tenía que hacer aquí en Oaxaca y mañana viajo a París.

—Será un placer —dije. Hasta ese momento todo iba bien en mis planes.

—¿Estudia en París? —le pregunté para hacerla bajar la guardia contándome su vida de niña burguesa al otro lado del Atlántico.

—Hace siete años que vivo en París. Estudié historia del arte en la Sorbona, aunque de haberlo pensado mejor habría elegido Roma. Pero en fin. Mi vida está allá —dijo con una mueca de hartazgo que creí falsa. *¿Quién sería tan pendejo para cansarse de París? Yo no,* pensé.

—¿Y usted dónde estudió? —preguntó ella con la sonrisa de una nena curiosa que mastica malicia.

Mi resentimiento social empezaba a surgir y debía moderarlo para no parecer un obrero que envidia al burgués porque tiene dinero para viajar y comprarse el mundo. Aunque era cierto: pinche dinero.

—No estudié. Soy autodidacta —dije intentando mostrarme orgulloso de a dónde había llegado: reportero de un periódico provinciano de ínfima categoría.

—¡Oh, lo admiro! —Dijo con un entusiasmo que me sonó a ironía—. Que alguien venga desde abajo y salga adelante…

Eso siempre es motivo de admiración. Me recuerda a Benito Juárez.

—Bueno, si lo piensa bien, todos venimos de abajo y salimos adelante —le contesté con picardía—. Además, Benito Juárez sí estudió.

Cabrona rubia, se burlaba de mí. Mi siguiente pregunta fue interrumpida por la entrada de la vieja sirvienta trayendo la charola con las tazas de café.

—¿Vendrá a desayunar don Larry? —preguntó la mujer.

Minerva Bárcena frunció el ceño ligeramente.

—No lo sé. Por favor sube a preguntarle si vendrá a acompañarnos. Dile que tenemos visitas, que es un periodista —contestó enfatizando la última palabra.

Lo previene, pensé. Decidí esperar el momento correcto para disparar las preguntas. Seguramente las pinturas estaban guardadas abajo, en la biblioteca del historiador. Necesitaba encontrar la forma de bajar y para ello debía ganarme su confianza actuando como un tipo algo torpe de quien no deben preocuparse. Mi ego empezó a recriminarme el autoatentado.

—Vamos a la mesa —dijo Minerva señalando la mesa con vista al jardín. La propuesta más bien pareció una orden.

Haciendo uso de mi caballerosidad, permití que pasara primero a la mesa. El truco me dio oportunidad de aspirar su aroma y de verle la espalda. Miré sus piernas torneadas y gruesas; busqué algún defecto que la hiciera humana. En la parte de la pantorrilla izquierda, le encontré unas venas azuladas que anunciaban várices al primer hijo.

Llevábamos poco tiempo de habernos sentado a la mesa cuando la sirvienta bajó las escaleras y dijo que Larry Waller vendría a acompañarnos. Continuamos la plática apenas interrumpidos por la sirvienta que nos sirvió chilaquiles de frijol, a los que para mi gusto les faltó hoja de aguacate y padecían el sabor de un queso de supermercado.

Minerva Bárcena habló del sepelio de su abuelo sin mostrar señal de consternación. No lloró ni hizo artimaña actoral para que yo la compadeciera. Consideré verdaderas las investigaciones de Patricia en cuando a la triste historia de su nacimiento y el destino de su madre. Crecieron mis sospechas hacia la nieta, quien vivía con un rencor guardado por Bárcena, a pesar de que éste seguramente le había pagado la vida en Europa.

Pregunté sobre París. Las respuestas de la rubia fueron largas. Seguí aquella premisa de que tras tantos siglos de sometimiento lo que una mujer más disfruta hacer frente a un hombre es hablar. Yo aparentaba anotar sus declaraciones, aunque lo que realmente hacía era escribir las preguntas que soltaría como una ráfaga de balas de AK-47: «¿Por qué tanto rencor hacia su abuelo?, ¿lo culpa de la muerte de su madre? ¿Es cierto que su abuelo era parte de una banda de criminales dedicada al robo de arte sacro? ¿Usted robó esta madrugada las iglesias de Rojas de Cuauhtémoc y Santa Catalina de Siena? ¿Dónde están los objetos? ¿En casas de qué políticos y empresarios? ¡Diga! ¡Confiese!», escribía yo divertido en la libreta, ya con la voz de Minerva Bárcena como música de fondo.

—Parece que está escribiendo una semblanza sobre mí —dijo ella.

—Caray, es que lo que me cuenta de París es increíble. París es mi destino —le contesté.

En ese momento algo cayó sobre mi hombro, casi envolviéndolo por completo. Al voltear la cara, me encontré con los ojos aceituna de un anciano de piel rosada como un pedazo de jamón, nariz enrojecida y bigote cenizo levemente manchado por los años de roce del cigarro. Todo dentro de una cara ovalada, de orejas grandes y cabello blanco y largo. Era Larry Waller quien me miraba y sonreía sin despegar los labios. Su pulgar me apretó el omóplato. Me hice a un lado, tratando de zafarme de la manaza y me levanté.

—Buenos días. Vicente Carrizo, reportero —dije tendiéndole la mano.

Era alto, pero sus hombros colgaban ya con cierto cansancio.

—Larry Waller, anticuario… o lo que tú quieras —dijo con acento inglés y apretándome la mano como lo haría una dama.

La insinuación fue clara. Si pensaba bromear, yo también lo iba a hacer. Era hora de soltar un poco de veneno.

—O ladrón de arte —dije.

Enrojeció pero no desdibujó la sonrisa, como si mi comentario fuera una broma de mal gusto que su elevadísima cultura debía aguantar.

La carcajada de Minerva Bárcena quiso mediar entre nosotros.

—¿Ya ves Larry? Por presentarte así ya ves lo que te responden —dijo francamente divertida.

—Lo que un viejo debe aguantar con tal de ligar —contestó Larry mientras tomaba asiento a lado de Minerva, de tal manera que ambos quedaron frente a mí.

—No lo tome a mal —intervine—. Sin embargo creo justo que los anticuarios sean vistos como ladrones culturales. A nadie le gusta que los objetos que representan parte de su cultura sean vendidos y trasladados a museos del extranjero, menos para adornar la sala de una casa.

—Si no fuera por los anticuarios, muchas obras de arte se hubieran perdido entre los nativos —soltó—. Somos próceres olvidados.

—Nuestro amigo Carrizo vino a hacer una semblanza de mi abuelo —atajó Minerva.

—¡Excelente idea! —dijo Larry sacando una cajetilla de Viceroy blancos. Le dio uno a Minerva y él tomó otro. Me ofreció.

—Gracias, pero traigo los míos —contesté mostrando la cajetilla de Camel—. ¿Les importa si comienzo a grabar?

—Adelante, será un placer hablar sobre mi gran amigo —respondió Larry con voz clara—, aunque a esta edad no me gusta platicar de los muertos.

Encendí la grabadora y la puse sobre la mesa. La sala fue llenándose del humo de los cigarros. La vieja sirvienta comenzó a rellenar las tazas de café.

Durante los siguientes treinta minutos escuché por intervalos a Minerva Bárcena y Larry Wallar contar la vida íntima del historiador Joaquín Bárcena. Sus juicios y relatos fueron benévolos, con el toque familiar, pero siguieron siendo los datos que se podrían leer en la solapa de algún libro del fallecido. La muerte de Lucinda Corcuera y el suicidio de Cecilia fueron omitidos. Por supuesto, no era algo de lo que quisieran hablar. Eso me hizo pensar que sin duda era más interesante la vida de Bárcena que lo que me contó Donají en La Flor de Loto. Y es que siempre la vida oculta de una persona es más interesante que la que está a la vista de todos.

Seguí fingiendo interés en la entrevista con tal de bajar al estudio de Bárcena y así corroborar si las pinturas estaban ahí. Me reí de las anécdotas y fingí escribir algunos comentarios en la libreta. Apunté, como para no quedarme dormido: «Buscar clases de actuación».

Intervine cuando Larry Waller iniciaba el relato de su vida como buscador de efebos en un New York marginal de los años sesenta.

—¿Será posible fotografiar el estudio de don Joaquín? Quedaría excelente para la semblanza —propuse.

Ambos sonrieron nerviosamente e intercambiaron miradas. Larry Waller se acarició el anillo decorado con piedras verdes que llevaba en la mano derecha. Minerva excavó con sus ojos azules en mí, como si buscara medir la peligrosidad de mi propuesta. Esperaba que dijeran algún absurdo motivo para no bajar. Afortunadamente, Minerva aceptó.

Minutos después bajamos al estudio de Joaquín Bárcena. El lugar me pareció más grande y atiborrado de libros y papeles que cuando estuve fotografiando el cadáver del historiador. Vi la mesa de mármol negro como un gran sarcófago decorado con libros encima. Busqué con la mirada los cuadros de Santa María del Pópolo. Los encontré apoyados en una esquina del estudio.

—¡Caramba! Aquí se respira historia —dije con falsa emoción mientras pasaba la vista por los libreros buscando el vestido de la virgen de Rojas de Cuauhtémoc y la imagen de Santa Catalina de Siena.

—Joaquín construyó su estudio aquí porque creía que la historia está bajo nosotros —comentó Larry Waller—. Aunque yo no estoy de acuerdo. Me gusta más la idea de que la historia es luz y elevación, más que descenso y oscuridad.

Miré debajo de la mesa de mármol. Ahí estaba la imagen de Santa Catalina de Siena y sobre ella el vestido de la virgen envuelto en plástico transparente. Era hora de dejar la actuación.

—Yo creo que don Joaquín decidió poner aquí abajo su estudio para ocultar sus raterías.

Minerva reaccionó con una cara de agravio sobreactuada. Larry Waller tampoco pudo impedir que su enojó se le notara en el rostro.

—Digo la verdad. Una de esas pinturas de la esquina y lo que hay aquí debajo de esta mesa fueron robados de tres iglesias. Y hoy exactamente se cometieron dos de los atracos.

Larry Waller tomó un abrecartas que estaba en la mesa y casi se lanza sobre mí. Aunque viejo, su estatura hacía de él un rival difícil de vencer para mi uno sesenta y ocho de estatura. Para mala suerte, yo sólo tenía cerca libros y papeles para defenderme. Rápidamente saqué del bolsillo de mi pantalón el teléfono celular.

—Estoy llamando a la policía, está fuera de la casa. Esperan mi llamado. Tengo grabados sus testimonios. No hay salida —dije esperando mantener el filo del abrecartas alejado de mí.

La cara de Minerva Bárcena era la de una horrorosa sirena. Larry Waller palideció.

—No, no, por favor, no digas nada —gimoteó lastimeramente Minerva.

Larry Waller guardó el aplomo varonil.

—¿Cuánto dinero quieres por tu silencio? —ofreció el viejo gringo con el rostro lleno de derrota.

—No me interesa el dinero —dije, aunque realmente me cruzó por la mente viajar a Europa y de paso quedarme a vivir como Cortázar en París.

—No te conviene hablar —intervino Minerva, como si hubiera buscado dentro de ella algo de fuerza—. Nuestros clientes son gente importante.

—¿Me amenazas? Déjame recordarte que sigo grabando y solita te estás hundiendo más.

—No te amenazo. Sólo date cuenta que aunque vayamos a la cárcel, saldremos pronto porque nuestros clientes son gente tan importante que tú serás el que termine encerrado. Piénsalo. Podemos darte dinero. Además, estas piezas estaban destinadas a perderse. Las hemos rescatado de las manos de estos pinches indios.

—Tu racismo me conmueve. Pero resulta que soy mitad indio y la verdad ya me encabronaste, pinche güera.

Disfruté el triunfo por unos segundos.

—¿Por qué robar estas piezas? —les pregunté, pensando que cuando la policía los detuviera iba a perder la exclusiva.

—¿Por qué no? —Respondió Larry Waller—. Son objetos que merecen ser apreciados por gente que conozca su valor artístico y no como ídolos de un mito. Además, si lo piensas bien, estas imágenes son la representación del triunfo de la Conquista.

En ese momento una sombra apareció arriba, en el descanso donde comenzaba a descender la escalera. Era el hijo de la sirvienta.

—Estoy llamando a la policía. Me he enterado de todo —dije.

—Tú no vas a llamar a nadie —respondió sacando de su cinto una pistola con la que me apuntó.

—Por favor, Lucio, no vayas a hacer una barbaridad —dijo Minerva—. La policía está allá afuera y entrará en cualquier momento.

—No vendrá la policía porque no hay nadie allá afuera. Este güey es un pinche mentiroso como todos los reporteros. El teléfono celular no tiene señal aquí abajo —dijo Lucio.

Marqué el número de Carlos Caballero. Nada.

—Amárrele las manos y los pies con la cinta canela que está en ese cajón, don Larry —ordenó Lucio Bautista, quien entonces supe era cómplice en los robos. La confesión del sacristán de Rojas, «grandes y suaves», me hizo suponer que las tetas de Minerva eran lo que él había sentido.

—Si te mueves o gritas, te mato —me amenazó el chofer.

Poco después, Larry Waller me había dejado inmóvil y callado.

—No lo mates —escuché que dijo Larry Waller a Lucio, quien ya había bajado las escaleras y se encontraba frente a mí—. Sólo espera que desaparezcamos con las piezas y entonces lo sueltas. No tendrá pruebas para acusarnos.

Lo último que vi fue al chofer de Bárcena torciéndose en una mueca de gusto y luego su mano empuñando la pistola por el cañón y bajando con fuerza. El golpe en la cabeza volvió todo negro.

DIECISÉIS

Abrí los ojos y la cabeza me dolió como si hubiera mordido un bloque de hielo. Calculé que a lo mucho llevaba media hora desmayado; con un golpe más fuerte ya sería cadáver. Seguía en el estudio de Bárcena y nadie me cuidaba. Las obras robadas habían desaparecido. Incluso el cuadro de Velázquez.

Algo torpe por el guamazo intenté levantarme. No pude. Estaba maniatado con cinta canela a una gruesa pata de la mesa de mármol. Intenté liberarme hasta que el cansancio me hizo comprender que era imposible. Estaba envuelto hasta la boca como una caja de paquetería.

Al paso de las horas, la pequeña ventana que daba al jardín me fue mostrando. Así me di cuenta de la caída del sol. A intervalos me sacudía como gusano para aflojar la cinta canela, pero la inutilidad de mis intentos por zafarme eran seguidos por la desesperante sensación de inmovilidad que precedía los minutos de sueño. En uno de estos descansos me despertó la calidez de mi orina.

Empezaba a oscurecer cuando la puerta del estudio se abrió. Bajaron la escalera de caracol Larry Waller y Lucio Bautista.

—Carajo, aquí apesta a orines —se quejó Larry.

—Es este cabrón —dijo Lucio despectivamente al señalarme.

Un chinguen a su madre me salió por los ojos. Sentía gusto de verles la cara de repugnancia que les daba acercarse a mí. Imposibilitado para hablar, sólo observé.

—¿Qué hacemos con él? —preguntó Lucio.

—Lo vamos a meter a la cajuela del Tsuru y lo vas a tirar por algún camino de terracería muy apartado —planeó Larry.

—Pero puede denunciarnos —objetó Lucio.

—No tiene pruebas, salvo el chichón en la cabeza. Su cámara con las fotos y la grabadora me las llevo a Nueva York esta noche. Minerva ya habrá llegado al D. F. y su avión sale mañana a primera hora hacia París.

—¿Pero qué pasa conmigo? La policía le puede creer y el que se va a la cárcel soy yo. No puedo dejar sola a mi madrecita. Usted y Mine estarán lejos, pero yo me quedo aquí —dijo Lucio.

—No te preocupes. Si hace escándalo me comunicaré con algunas personas de arriba para que lo calmen. No les conviene que un reportero de cuarta atente contra sus obras de arte.

Lucio Bautista se quedó pensativo.

—Sólo quiero saber algo, don Larry. ¿Me va a ayudar para conquistar a Mine?

Me reí con todo y cinta canela en la boca. Una patada en la cara fue la respuesta de Lucio.

—¡Cállate pendejo! —añadió a su golpe.

—Tranquilo, Lucio —intervino Larry—. Ya te dije que le he hablado a ella de ti. Y le seguiré hablando. Lo prometo. Ahora dile a tu mamá que vaya a comprar pan o algo, la cuestión es que no nos vea sacando a éste. Le dije que el reportero se quedó estudiando los papeles de Joaquín. Avísame cuando se vaya para que saquemos a este metiche.

Lucio subió la escalera y nos quedamos Larry y yo. Me quitó de un tirón la cinta canela de la boca.

—No sabía que también fuera alcahueta —dije.

—¿Eso? —se rió—. Es una bajeza que debí prometerle a Lucio para volverlo cómplice. Por supuesto que es una mentira.

—Una belleza como Minerva nunca estaría con alguien como él. Lo sorprendente es que él no se dé cuenta.

—Ni podría estar con él —contestó Larry.

—¿Por qué?

Como buena alcahueta, los secretos en Larry producían comezón si no se contaban.

—Por la sencilla razón de que el obtuso de Lucio es, digamos, tío de Minerva. ¡Ay, Joaquín! —Dijo mirando un retrato del historiador—. Tenías que seguir el ejemplo de tus antepasados los conquistadores.

La noticia explicaba el dolor de la sirvienta en el panteón.

—¿Y lo sabe Lucio?

—Ahora no conviene. Bueno, basta de chorcha. Estás a tiempo de ganarte un buen dinero, muchacho. Sólo te pido silencio y que mires a otra parte. Me caes bien, Carrizo, por eso lo hago —dijo acariciándome la mejilla.

—¡Vaya y chingue a su madre pinche viejo puto! Aunque nadie me crea yo voy a escribir esa noticia.

—¿En tu periódico para choferes y putas? Ya me puso al tanto Lucio de qué clase de publicación es *La Noche* —dijo antes de volverme a poner la cinta canela sobre la boca.

Minutos después regresó Lucio para avisar que su madre había salido a misa de seis de la tarde. Convinieron en que él habría de abandonarme en algún descampado. Esa noche, a las nueve, Larry saldría en un vuelo directo a Houston y de ahí trasbordaría a Nueva York. No dijeron nada sobre las pinturas.

Entre ambos me cargaron y con mucho esfuerzo me subieron por la escalera. Aunque me moví como una lombriz para hacerles más difícil cargarme, al final pudieron arrastrarme hacia la cajuela de un viejo Tsuru blanco.

DIECISIETE

Pasaron tal vez dos horas antes de que Lucio encendiera el motor del Tsuru. En ese lapso cualquier intento por liberarme fue inútil. El reducido espacio de la cajuela incrementó mi desesperación. Intenté calmarme. *Seguramente Lucio había llevado a Larry al aeropuerto y vuelve para tirarme en alguna parte,* pensé.

El automóvil se movió. La siguiente media hora los baches y topes mal frenados hicieron que azotara de un ladro a otro dentro de la cajuela. El cabrón de Lucio lo hacía adrede.

Después de un rato ya no se escucharon más ruidos de motores y entonces el automóvil comenzó a temblar, como si estuviera avanzando sobre un camino de terracería. En cierto momento, el Tsuru se inclinó, lo que me hizo deducir que estaba subiendo una colina. *¿Dónde me irá a dejar?,* pensé. Recordé la mala experiencia de otro reportero que fue levantado por unos policías, quienes después de propinarle una breve pero contundente golpiza lo dejaron desnudo en un tiradero de basura.

El Tsuru detuvo la marcha. Lucio abrió la cajuela y me sacó con tal esfuerzo que me dejó caer pesadamente contra el suelo. El golpe me sacudió las costillas. Cuando me repuse del golpe, vi que estábamos a lado de una presa. Había luna llena. El agua que comenzaba a unos metros parecía el espejo de la noche. A lo lejos se veía el resplandor de la ciudad y, más cerca, la de algunos pueblos. Reconocí que estábamos en los rumbos de Tlacolula. Lucio, de un tirón, me quitó la cinta de la boca.

—Hemos llegado —dijo.

—¿Dónde estamos?

—En la presa de Santo Domingo Tomaltepec.

Era un pueblo de panaderos y agricultores a tres kilómetros al norte de Santa María del Tule, casi al pie de la Sierra Juárez.

—Al menos desátame para que pueda caminar.

Lucio mostró una sonrisa chueca.

—¿Por qué piensas que vas a caminar?

—Larry dijo…

—Larry es un viejo pendejo —interrumpió—. Está seguro de que no habrá problema si te dejamos libre. Y eso es fácil decirlo cuando se está muy lejos de acá. A mí no me gustan los riesgos.

En ese momento el miedo me invadió de arriba a abajo. Imaginé la foto de mi cabeza explotada a pedradas, como tantas veces había fotografiado otros asesinatos.

—Te voy a meter a la presa con unas piedras pegadas al cuerpo —decía con tranquilidad Lucio, sacando de entre su ropa la cinta canela—. No te preocupes, seguro te encuentran en la próxima sequía.

Lucio comenzó a traer algunas piedras medianas que fue sujetando a mi cuerpo. Por un momento las palabras se me fueron. No quería rogar por mi vida. Imaginé cómo sería la sensación de aspirar agua, me pregunté si la muerte llegaría rápida y sin dolor. Entonces, recordé la conversación con Larry Waller. Había cometido un error al contarme aquel secreto que podía ser mi carta de salvación.

—Suéltame y te diré porqué nunca podrás estar con Minerva.

—Tú no sabes nada y jamás sabrás nada —dijo Lucio, indiferente, mientras me arrastraba hacia el filo del agua.

—¡Me lo contó Larry cuando nos dejaste solos! —grité.

Lucio se detuvo.

—Larry me dijo un secreto que ni siquiera tú y Minerva saben.

El aspirante a asesino enfureció y comenzó a sacudirme bruscamente del cabello.

—¿Qué chingaos es lo que te contó? —Dijo muy cerca de mi cara; me llegó una halitosis del demonio—. ¡Tú no sabes nada!

—Suéltame y te lo digo. Larry te engaña con que Minerva va a ser tuya. Ése es un pinche sueño guajiro. Sólo eres el peón que le ayuda a enriquecerse.

—¡Ni madres! Sólo quieres salvar tu pinche vida —lanzó Lucio volviendo a arrastrar mi cuerpo—. Entre Minerva y yo existe una fuerza especial. Desde pequeño supe que íbamos a estar juntos.

Comencé a sentir el frío del agua. Se rompió el tranquilo espejo de la noche.

—¡Eres hijo de Bárcena! —grité.

El chofer se detuvo, volteó el cuerpo y se abalanzó contra mí.

—¿Qué mierda dices? ¿Qué mierda dices? —repitió frenético, azotando mi cabeza contra la arena.

—¡Bárcena es tu papá! ¡Por eso Minerva nunca va a acostarse contigo, pendejo! ¡Lo más que podrás llegar a ser es su tío! ¡El hijo de la sirvienta que se cogió su rubio abuelo! —grité histéricamente, con grandes carcajadas. Si iba a morir, lo haría riendo—. ¡Eres un hijo de la chingada verdaderamente!

—¡No es cierto! Te voy a matar hijo de puta —dijo Lucio golpeándome la cara. Sentí el calor de mi sangre, su sabor salado, escuché el doloroso tronido de mi nariz, pero yo continuaba riendo a cada golpe. La muerte dejó de importarme.

Repentinamente un ruido seco detuvo los golpes. Lucio cayó a un lado. Escuché el sonido de unos pasos sobre la arena. La sangre y los golpes casi me habían cerrado los ojos. Sólo pude entrever la figura de alguien. Una sombra que sacó de su ropa un objeto que resplandeció a la luz de la luna. Era una navaja. Cortó la cinta canela y después de un rato pude mover los brazos. Las horas que pasé amarrado me entumecieron las articulaciones. La sombra ayudó a levantarme.

—¿Estás bien? —dijo la sombra. Era una voz conocida. ¡El Genio López!

—Mejor que muerto —alcance a decir dolorosamente—. Gracias por la salva, Genio. Un poco más y no la cuento.

La figura alta y alargada de mi compañero de trabajo se acercó al cuerpo de Lucio.

—¿Está muerto?

—Como una piedra —dijo.

Me acerqué a ver. Lucio tenía la cabeza abierta y sus ojos tenían cierta sorpresa ante la muerte.

—Avisemos a la policía —dije.

—Yo no voy a avisar a nadie —respondió secamente—. Lo vamos a dejar aquí hasta que lo encuentre algún campesino o se lo coman los coyotes. Y si dices algo, yo me desaparezco. Vámonos de aquí.

—Pero si el hijo de puta me iba a matar. Genio, ¡tú me salvaste! —respondí incrédulo de lo que decía. Las piezas no encajaban. El radar me mandó señales.

—¿Cómo chingaos llegaste aquí? —pregunté.

—En tu moto —dijo.

—¿En mi moto?

—Carajo. Los golpes te dejaron muy pendejo. Repites todo. Es hora de largarnos. Necesitas curación.

—Ni madres. Primero me dices qué chingaos hacías escondido entre los pinches matorrales y por qué no quieres que le avisemos a la policía.

—Te salvé la vida, sólo eso te voy a decir por ahora. Te cuento lo demás en *La Noche*.

Tenía dificultad para caminar. Llegué a la moto ayudado por el Genio, quien se puso al volante y yo atrás. Aunque le volví a repetir que fuéramos a la policía, él no se detuvo. Cuarenta minutos después nos recibieron las calles de la ciudad. Probablemente era de madrugada.

DIECIOCHO

MARINO MUÑOZ ABRIÓ LA PUERTA de *La Noche*. Varias veces amanecía en la sala de redacción esperando los informes de una desgracia o hablando por teléfono, en ocasiones, acompañado de una botella de mezcal. Se notaba desvelado. Lo que sí me sorprendió es que estuviera al tanto de lo ocurrido.

—¿Cómo supieron que estaba en la casa de Bárcena? No le dije a nadie —dije, sentado en el sillón.

Ambos se miraron. Marino Muñoz sacó el botiquín de primeros auxilios y se dispuso a curarme las heridas de la cara. Entre los oficios que tuvo mientras se hacía el de reportero, había una historia dentro del *box*.

—Tienes la nariz rota y vas a necesitar que te cosan la ceja derecha —dijo—. Voy a telefonearle a un amigo doctor que sabe mejor que yo de esto. No vaya a dejarte como Frankestein.

—No se desvíe del tema, jefe. ¿Cómo supieron? —volví a preguntar—. Me gustaría saber la historia entera de cómo me salvé de morir a madrazos.

—Que te lo cuente él —dijo dándose la vuelta y mirando al Genio, quien ya sostenía entre los labios un cigarro. Marino Muñoz marcó el teléfono del doctor.

El Genio estaba en silencio. Su altura era proporcional al grado de cansancio que se le veía en el rostro. Parecía un viejo árabe que regresaba de una larga travesía por el desierto. La quietud en la sala de redacción apenas se interrumpió por el ruido de la calle y alguno que otro quejido que di al sentir el rudo efecto del alcohol sobre mis heridas. Marino Muñoz en su intento por facilitarle al doctor el trabajo, me limpiaba con algodones húmedos de alcohol la sangre que salía de las rajaduras del rostro.

—Desembucha, Genio —pedí.

—Tal vez te has ganado el derecho a saber —contestó—, pero déjame contarte primero unas cosas del pasado. Como te dije, hace más de veinte años fui alumno de Bárcena. Eso no fue todo. También fui su cómplice en otros robos y burlas. Lo acompañé a él y a Larry en varios viajes a pueblos lejanos donde compraban o intercambiaban antigüedades religiosas en aparente mal estado por nuevas, que regalaban al pueblo entre una gran fiesta. Era un engaño para despojar a los indígenas de sus imágenes religiosas y venderlas a coleccionistas extranjeros. Aunque aquellas prácticas no las compartía, tenía que tolerarlas pues había conocido a Cecilia, la hija de Bárcena. Nos enamoramos tanto que pensamos en casarnos. Al embarazarse de Minerva decidimos decirle a su padre de nuestra relación…

Por mi parte, pensaba que la historia que me contó Donají iba aclarándose con la perspectiva de Esteban López Cañas, alías el Genio López.

La rabia de Bárcena al saber lo del padre de su nieta le pareció insana, oscura, de un celo enfermizo que sólo se explica cuando lo acusa falsamente de pertenecer a la guerrilla. Su juventud lo llevó a buscar refugio en la capital del país en casa de unos familiares. Cuando creyó que Cecilia ya había dado a luz, y atraído por reencontrarse con ella y ver a su hija, regresó a Oaxaca. Desafortunadamente, Cecilia se había suicidado. La noticia se la dio Hortensia, la sempiterna sirvienta de Bárcena quien maliciosamente le dijo que la hija de ambos había muerto durante el parto, lo que hizo que Cecilia se matara.

—Era una mujer agria por temporadas. Otras, podía sonreírte con dulzura. Recuerdo que su hijo Lucio apenas tendría cinco o seis años cuando ella me abrió la puerta para darme esa terrible noticia. Era un pequeño muy sonriente...

—No te atormentes, Genio —le dije—. Lucio ya no era más ese pequeño sonriente.

—La noticia de la muerte de Cecilia me dejó sumido en una negra depresión. No me importaba morir —retomó el habla—. Tal vez el instinto de autosalvación me llevó otra vez al D. F., donde entré a estudiar como un loco al Politécnico y a trabajar en mis ratos libres para pagarme la vida allá, pero también, para apaciguar el recuerdo de Cecilia. En fin, pasaron los años y olvidé las cosas. Conocí otras mujeres, conocí la poesía y quise escribirla, que fuera una llamarada de vida ante la frialdad de las ecuaciones. Entre tantas aventuras, conocí a Marino. Nos volvimos amigos y éramos paisanos. Cuando me llamó para decirme que se regresaba a Oaxaca, le desee buena suerte. Pero cuando me propuso unas semanas más tarde ser el formador de *La Noche*, no lo pensé más. Ya era hora de regresar a las raíces.

—¿Cómo supiste que tu hija estaba viva? —le pregunté con algo de dificultad, pues mis labios ya estaban hinchados.

—No lo supe hasta el entierro de Bárcena. ¿Por qué fui? Tal vez el morbo, las ganas de creer que cuando viera su ataúd entrando a la tierra, también iban a enterrarse mis malos recuerdos. Pero al contrario, lo que sucedió es que encontré la imagen de Cecilia, igual de joven que cuando la conocí. Casi me desmayo. Fue entonces cuando supe que mi hija estaba viva y se llamaba Minerva.

—Eso explica tu presencia en el cementerio.

—¿Entonces lo sabías?

—Sí —le dije—. Te descubrí en una foto del sepelio mirando fijamente a Minerva y compañía.

—No te lo dije la vez que nos vimos acá porque aún no aceptaba que fuera mi hija.

—¿Estás enterado de los robos a las iglesias de los que es cómplice? —le pregunté.

El Genio dio el último tiro al cigarro y apachurró la colilla en el cenicero.

—De eso me enteré esta mañana.

Contó que después de ver a Minerva en el entierro, se dio a la tarea de contactarla. Sin embargo, el profundo miedo a desacomodar el estado actual de las cosas casi lo frena a hacerlo, pero los consejos de Marino Muñoz le dieron fuerza y realizó una llamada telefónica a la casa de Bárcena, haciéndose pasar por un periodista.

—Hortensia contestó. Después de tantos años, no reconoció mi voz. Le dije que quería una entrevista con la nieta del historiador, pero me contestó que sería imposible pues Minerva saldría al día siguiente para Europa. Por eso la noticia de que se iba a ir me dio valor para presentarme hoy temprano en su casa y decirle que era su padre. Y cuando iba camino a verla, dentro de un taxi, te vi en tu motocicleta. Al llegar, vi que te abrieron la puerta y entraste a la casa.

El Genio estuvo esperando en la esquina a que yo saliera. Cuando vio la camioneta que llevaba a Larry Waller, Minerva y Lucio al volante, se quedó intrigado por no verme. Las buenas compañías en el D. F. le sirvieron para encender mi moto sin la llave. Los siguió al aeropuerto. Minerva se despidió de Larry y Lucio, quienes la vieron alejarse hacia los escritorios de la aerolínea cargando una maleta mediana de color negro.

—Afortunadamente no la acompañaron. Ambos se veían preocupados. Estacioné tu moto y seguí a Minerva. Me coloqué exactamente detrás de ella en la fila del registro. Pasaron en mi mente tantas formas de cómo hablarle. Al final, lo que hice fue tocarle el hombro y ella se volteó. Salvo la juventud y los ojos azules más grandes, parecía el vivo retrato de su madre. De mí, por fortuna, no sacó nada. Le dije: «Minerva, soy tu padre».

El Genio calló. Los ojos se le llenaron de lágrimas. Algo patético era ver a ese hombre tan alto a punto de llorar.

—Creo que lo que nos dijimos no te incumbe. Sólo te diré que me contó que te tenían encerrado dentro de la casa. Minerva temía que Lucio fuera a perder la cabeza y te asesinara.

—¿Y nada más? ¿No te contó sobre los robos?

—Calma… eso me lo confesó después, con un café en la mano, antes de que llamaran a los pasajeros de su vuelo al abordaje. No necesito defenderla de las acciones que tomó. Tampoco te puedo decir que la vi arrepentida. Lo que sí te diré es que me dijo dónde están las piezas robadas.

—En un avión hacia el extranjero —dije.

—Te lo diré sólo si me prometes que la dejarás fuera de tu reportaje.

—¡Eso no puedo prometerlo!

—¡Vamos, Carrizo! No se puede tener todo en esta vida, ni contarlo todo —medió Marino Muñoz, quien hasta ese momento sólo había escuchado la conversación.

Lo medité un momento. Acepté.

—Algo es mejor que nada —dije—. Yo no hablaré de ella, pero si la policía descubre su participación, no es cosa mía.

Al Genio López le pareció justa mi propuesta.

—Se las llevó Larry Waller a Nueva York. Puedes contarle eso a la policía —dijo.

—Muy bien —le dije tocándome la boca hinchada—. Sólo falta algo para resolver todo esto. Y eso sí espero me lo respondas.

—¿Qué? —dijo el Genio.

—¿Quién escribió los mensajes? ¿Larry? ¿Minerva? ¿Lucio? Alguno de ellos debía saber lo de *cotelachi*.

—No lo sé —respondió el Genio.

—Tal vez fue Lucio. Es el único que estaba aquí en Oaxaca cuando murió Bárcena —dije. Y me quedé pensando en la posibilidad de que nos siguiera a Velázquez y a mí en el parque Labastida—. Además de pendejo, resultó bromista. Pero ahora ya está muerto, ni cómo saberlo.

En ese momento alguien tocó la puerta. Era el médico que venía a curarme.

DIECINUEVE

Al paso de los días mi rostro fue desinflamándose. Donají pasó a verme al departamento un día después de mi aventura. Lloró apretada a mí cuando le conté lo cerca que estuve de morir. Por fortuna, tenía la dentadura completa para sonreírle. La nariz rota estaría como nueva en algunas semanas.

El hallazgo del cadáver de Lucio Bautista fue hecho por unos campesinos el martes al mediodía. Los peritos forenses indicaron que el cuerpo tenía más de veinticuatro horas de haber quedado sin vida debido a una pedrada que le produjo un trauma craneoencefálico profundo.

Todas las secciones policiacas de los periódicos le dieron cobertura al suceso, en especial cuando se enteraron de que era chofer de Joaquín Bárcena. Las teorías que se barajearon en la mente de los policías judiciales fueron las siguientes: asesinato pasional o la ira de una amistad que al calor de las copas quiso ganar la discusión. La policía no llegó a establecer ningún sospechoso.

Un día después, la muerte de Lucio fue una noticia en el cajón del olvido. Los nuevos crímenes son lo que importa.

A la semana siguiente, *La Noche*, el semanario que narra el crimen y la violencia de Oaxaca, salió a las calles en su primer número especial con un reportaje firmado por mí que se tituló «Roban arte sacro». En sus pocos años de existencia, *La Noche* nunca tuvo un fracaso tan rotundo. Frente a las muertes sangrientas y con huellas de violencia que sucedieron en la ciudad, los robos de arte sacro fueron desdeñados por los lectores tal como lo haría un adolescente que tiene que elegir entre ver una película de dibujos animados o una porno estelarizada por Flower Tucci. Marino Muñoz aguantó estoicamente las quejas de los anunciantes por la falta de sangre y sensacionalismo.

El lunes, día en que apareció la edición especial, acudí a las oficinas de la Procuraduría General de la República a denunciar el robo de arte sacro hecho por Joaquín Bárcena, Larry Waller y cómplices. Cumplí la promesa que le hice al Genio de omitir en la denuncia a Minerva. Sobre la muerte de Lucio sólo mencioné que podría estar relacionada con los robos.

El fracaso no pudo ser más aleccionador. Sin pruebas mi palabra escrita no valía nada. La mirada indiferente del Ministerio Público federal me causó menos rabia que mi ingenuidad ante un resultado previsible.

Salí de las oficinas de la PGR enfadado conmigo mismo.

En la carretera tomé un taxi colectivo que iba al Centro de la ciudad. Estaba dispuesto a emborracharme con mezcal, pues de vez en cuando, el fracaso amerita como la victoria, un poco de alcohol en las venas para ver el mundo desde otra perspectiva.

Subí a la sala de redacción antes de comenzar el viaje etílico. La compañía de Marino Muñoz sería un bálsamo para la derrota. Estaba seguro que unos mezcales me harían reír de todo lo que había sucedido.

Encontré a Marino Muñoz sentado en su sillón y sumido en la lectura de un libro de poesía.

—No sabía que le daba por leer poesía, jefe.

—La poesía alimenta el alma —contestó—. ¿Cómo te fue en la PGR?

—Como usted predijo: ni caso me hicieron.

Marino Muñoz soltó una carcajada que retumbó entre las paredes.

—No te desanimes, Carrizo. Tú sabes lo que sucedió y has hecho lo correcto al contarlo. En eso has cumplido con tu obligación de reportero. Si se hace justicia o no, eso, mi estimado amigo, a ti no te corresponde.

—Sólo espero que en el 2010 todo cambie, jefe.

—¿Te refieres a una revolución?

—Que suceda lo que sea, pero que suceda. Seguir así es vivir en el lodo.

—El ser humano siempre está en el lodo, Carrizo. Sólo los inmaculados se vuelven santos o los hacen mitos. Por eso a mí me gusta el olor a tierra.

—Quisiera brindar por las derrotas y las victorias del hombre. ¿Qué dice?

—Casi me lees el pensamiento. Tengo aquí guardado un mezcal Tobalá —dijo mientras empezaba a buscar la botella en uno de los cajones de su escritorio. Luego sacó los caballitos de mezcal y sirvió generosamente.

—Por la vida y las mujeres —propuso.

—¡Por la vida y las mujeres!

Tres días después, exactamente el 21 de diciembre de 2009, llegó una carta a la sala de redacción de *La Noche*. Iba dirigida a mí y sin remitente. La caligrafía que trazaba mi nombre me hizo sentir el corazón latir con la rapidez de un galgo. Sin lugar a dudas se trataba de la misma persona que había escrito los mensajes que encontré junto a los cuerpos de Bárcena y Velázquez. Abrí la carta.

Vicente Carrizo:

He leído tu historia, pinche mentiroso. Tú mataste a mi Lucio, lo único bueno que me dejó ese desgraciado violador de Bárcena, después de todo lo que le ayudó mi madre a que el vientre de su mujer fuera fértil. Lo vas a pagar como lo pagaron Joaquín, el pinche pintor rabo verde y ese puto de Waller. Ni te preguntes por qué lo hago. Jamás lo entenderás. Morirás en un año.

Cotelachi

Ha pasado un año desde que recibí la carta y hasta ahora sigo vivo. Después de recibirla, fui a la casa de Bárcena. Nadie abrió ni contestó al teléfono. Tampoco lo hicieron en los días siguientes. Supongo que Hortensia Bautista volvió a su pueblo. ¿Cuál? Nunca lo supe. Tal vez trabaja en alguna otra mansión de San Felipe.

Las últimas noticias son que las piezas robadas siguen sin encontrarse y que Larry Waller murió en Nueva York hace unos días. Encontraron en la bañera su cuerpo putrefacto. Esto me lo dijo el Genio López, quien de vez en cuando habla con su hija por Internet. Dice que el próximo año viajará a París para verla. Me está muy agradecido por no denunciarla. Le digo que no me lo agradezca, al fin y al cabo sólo soy una voz aquí, en *La Noche*.

Santa María del Tule, Oaxaca, 2009-2010

La noche, de Miguel Vásquez Quintas
se terminó de imprimir y encuadernar en septiembre de 2012
en Quad/Graphics Querétaro, S. A. de C. V.
lote 37, fraccionamiento Agro-Industrial La Cruz
Villa del Marqués QT-76240